岁月如歌

荒原飞鹰 —— 著

百花洲文艺出版社
BAIHUAZHOU LITERATURE AND ART PRESS

图书在版编目（CIP）数据

岁月如歌 / 荒原飞鹰著 . -- 南昌：百花洲文艺出版社，2022.4

ISBN 978-7-5500-4658-0

Ⅰ.①岁… Ⅱ.①荒… Ⅲ.①诗集－中国－当代 Ⅳ.① I227

中国版本图书馆 CIP 数据核字（2022）第 008300 号

岁月如歌
SUIYUE RU GE

荒原飞鹰　著

责任编辑　　熊怡萍　陈昕煜
特邀编辑　　甄珍珍
书籍设计　　汇文书联
制　　作　　汇文书联
出版发行　　百花洲文艺出版社
社　　址　　南昌市红谷滩区世贸路 898 号博能中心一期 A 座 20 楼
邮　　编　　330038
经　　销　　全国新华书店
印　　刷　　武汉鑫佳捷印务有限公司
开　　本　　720mm×1000mm　1/16　印张　14.25
版　　次　　2023 年 1 月第 1 版第 1 次印刷
字　　数　　180 千字
书　　号　　ISBN 978-7-5500-4658-0
定　　价　　78.00 元

赣版版登字　05-2022-203

网址　http://www.bhzwy.com
图书若有印装错误，影响阅读，可向承印厂联系调换。

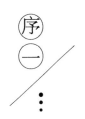
黄土地的歌者

——写在张光荣《岁月如歌》付梓之际

杨智华

张光荣的《岁月如歌》，是一部由诗歌、散文诗组成的文集。多种体裁荟萃一堂，写的内容林林总总，具有鲜明的时代气息以及浓郁的黄土地风情，显得丰富多样，别开生面。阅读它的感觉，就像站在城市的高楼阳台，面对的是参差错落、蔚为大观的楼群；又像是品尝着食材丰盛的串串香，五味交织，食之爽口。

中国是诗的古国，"诗言志""文章合为时而著"，这些文学理念千百年来一以贯之，成为优秀传统。在实现中华民族伟大复兴中国梦的新时代洪流中，文学创作者自觉地将自身融入其中，以充满理想信念的责任与良知严肃写作，以洋溢着正能量的优秀作品去感染人，激励人，就号准了时代的脉搏，作品的生命力也就呈现出来。在《梁家河，一部大写的史诗》中，作者富有激情地高歌引吭："躺在您的怀抱，我的身心，/早已被您的风骨俘获。/您是一条河吗？/假如是一条河，潺潺的流水如同母亲的乳汁，/孕育了西北汉子才有的铿锵，/孕育了西北汉子才有的豪迈，/孕育了西北汉子的才有情怀。/您听，山峁上那一曲曲信天游慷慨激昂的律动，/就是您信仰的力量，就是您永不屈服的宣言。/……啊，梁家河，在您的血脉里行走，我真的不忍离开，/因为在这里，我搜寻到了何为坚强，何为不屈，何为信仰的力量。/因为在这里，我搜寻到了何为胸怀境界，何为抱负担当，何为意志品质。/因为在这里，我搜寻到了何为矢志不渝，何为真挚为民，何为带头实干。/……站在新时代，您是一条不忘初心的河，/站在新起点，您是一座昭示航向的山，/您从款款的历史走来，复向悠悠的未来走去，/所有的人，都会在您的领航下，凝聚成磅礴的力量。/不忘初心，牢记使命，一往无前……"在这里，作者简直是以信天游的悠扬亢奋，将自己对梁家河的认识、震撼和感动高歌欢唱，充满了对"初心"和"使命"的向往，充满了受到崇高革命理想熏陶后的澎湃激情。这样的带有鲜明政治色彩的作品，在当今花前月下个人小情调多多的萎靡凄美中，不啻是吹来了一股强劲的春风，令人神清气爽，令人感奋激昂。

作者写诗的触角是多元的，乡愁，爱情，黄土地风景，显得林林总总；笔意也是遒劲的，字里行间很见功夫。"掀开历史的封尘，倾听铁蹄的铿锵/不知是控诉，还是伤情/挥一把飞扬的泪，远处的烽火烟台/抵挡不住我的痴迷。/……红彤彤的樱桃，金灿灿的麦浪/笑裂嘴唇的石榴，恣意开放的野花/收纳了原野的无尽风光。/山峰的奇峻，瞭望灞河杨柳的飞絮/连绵不绝，蜿蜒百里/咀嚼历史，渭河溅起的水花/亲吻乳房般高耸的山峦。"这是《白鹿原》中的景物感受，具有浓郁的乡土气息。初夏的秦川风光，丰收的景象，花果的芬芳，扑面而来，令人触景生情，神思向往。同时也包含着对文学巨著《白鹿原》的阅读思考，以及对一代文学大师的深情追思。"一生注定的缘分，为何总是漂浮不定/空寂承载的意象，为何总是无端幽思/倾听天籁的絮语，为何总是深沉惦念/心与心交融的世界，为何总是在困惑里痴迷/啊，梦中的伊甸园！"这是《谜样的天空》中的叹息，既是对爱情的咏叹，也隐喻着对事业的执着追求与希冀，令人遐思，仿佛可以触摸到诗歌后面的故事。

除了诗歌，作者的散文诗也是很优美的。甚至，它的成熟度超过了前者。"苦苦的乡愁，犹如幽怨的痛，让急促的脚步，总是停不下来。印象中的故乡，是堆满收获的麦场，是石碾急速旋转的碾压。急切地行走。扑面的柔风，是故乡亲情的召唤。它所隐喻的情怀，将久久难忘的乡愁，点缀皓月当空的天际。(《追逐故乡》)"阅读着这样的文字，读者的思绪也会一起飞回老家，飞回儿时，飞回父母与兄弟姊妹一起欢乐言笑的时光，飞回少年伙伴撒欢嬉闹的情景，令人乡愁依依，魂牵梦绕。乡愁是人生最最纯真的一勺井水，饮水思源，既可以令我们的身心健康无恙，也会令我们慎终追远，不忘初心。

张光荣是一个有能力驾驭不同体裁的写手，很能说明他是一个有才华有潜质的作家。最为关键的是，他具有真善美的道德品质、比较敏锐的政治视觉，以及身处国企基层的"地气"优势。中国当代著名报告文学作家蒋巍有句经验之谈："不管你有多么平凡，只要把准了时代脉搏，坚持不懈地努力，你就可以成功，甚至也可以伟大。"

（作者系中国煤矿作协理事，陕西省能源化工作协副主席）

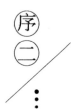

心灵的花朵

冯　骁

　　春暖花开的一日，忽然收到张光荣发来的他的新著《岁月如歌》书稿，并嘱我为之作序。当时我的心情满是激动，激动的是这是张光荣继诗集《律动的心弦》之后的又一部诗集；但激动之余又有些志忑，何因？因为《律动的心弦》出版时，我曾为之作过序，这次再去作序，实在是诚惶诚恐、班门弄斧了。几经解释，张光荣仍坚持他的初衷。于是，我放下手头的工作，利用十余天时间认真阅读书稿。读完这本文集，我的思绪难以平静。这部文集相比《律动的心弦》而言，收录其中的百余首诗歌和散文诗，无论在思想内涵上，还是在写作技巧的把握上，都上升到了一个新的维度。读完这本诗集，我重新认识了一位更为优雅、豪放和热爱生活的诗人。

　　诗为心声。中国历来就有诗歌"言志"和"缘情"的传说，认为诗歌应该表达思想、意愿、志趣和情愫，抒发情感。从《诗经》开始的中国诗学，就充满了对现实生活的关注与抒发，对人的生存状态、人的精神风貌的思考，虔诚与悲悯的情感抒怀，以及对爱情的讴歌和倾诉。因此，古往今来传诵的诗句往往都代表着诗人内心的思想、情感和时代的脉搏，也传递着诗人内心情感的温度。

　　纵观《岁月如歌》的前半部分，都是抒写爱情的诗作。如《远方静静等你》，诗中写到，"夜的帷帐，将一切喧闹 / 深深隐藏霓虹灯下，心中的挚爱 / 却像风，掠过我的眼帘 / 未曾有片刻停留 / 抑郁里，岁月犹如一面巨大的镜子 / 不知辉映的是洒脱，还是守望"。从这首诗中就可以窥见作者内心的一种向往和期待。又如，"指尖如飞，键盘上流淌的温情 / 如同缠绕的河流，你的心 / 在我的思念里飞向远方……想你的日子，天空下着揪心的雨"；"借用一盏橘灯 / 照亮每一处黑暗"；"插上隐形的翅膀，在黑夜里飞翔 / 月的影子，如同你的心思 / 时而穿过云端，时而隐藏苍宇 / 你难道是轻捻丝线，让轻柔缠绕我的心思"；"孤独里，打问相思的种子 / 难道我的忧伤，是因为你的离别"等等；这些诗句无疑是优美的，但也是凄美的。许多诗句里都隐含着感伤、幽怨的意蕴。尽管如此，从另一个层面上也映射出作者对"爱情"的终极认识和始终坚守的那份难能可贵的情感和精神追求。当然，诗的意境和意象也寓于诗歌的字里行间，让人不能不为之称叹。

　　作者笔下爱情的忠贞、爱情的唯美，足以让读者的心不由自主地融入诗歌所描述的意境当中。这是一种横跨时光维度的嫁接，是一种跳跃时空维度的张力。如《期待》，当你走进"痴迷的梦 / 不停地撩拨满怀的心思 / 那一串串晶莹的泪珠 / 多像你欲飞的倩影"。这种纵深感的意境，无疑是张光荣写作时追求的东西。

　　阅读张光荣的爱情诗作，可以说，他对每一首诗的构思都极为精妙和精巧，并没有多少"华而不实"的词语充填其间，而是作者真实情感的自然表达和流露。这也是他长期以来秉持严谨的写作原则和态度的具体表现。

　　这部诗集还收录了作者大量的散文诗。说到散文诗，它其实是诗与散文的美合二为一的结晶，似有锦上添花的意义。散文诗作品，不仅是作者的思想和灵魂的结晶，更包含了诗与散文之灵魂的双重美。散文诗的本质，体现在它具有诗的凝聚、诗的构思、诗的意境和意象、诗的象征及诗人跳跃性的思维和诗的语言等。散文诗其实是有丰富内涵的。诗人的创作，都是极富个人色彩的精神活动。好的作品就是作者最佳的精神活动的展示，这样的作品是具有很强的社会影响力的。张光荣的散文诗作品，绝大部分是具备了以上优点的。如《谜样的天空》一诗，"深陷载满春秋历史纵横的沟壑，我不会陶醉／信念穿越亘古岁月浸泡的烟云，我不会倾倒／一次次的沧桑隐痛，那不是痛／那是壮美凝结的永恒"。又如《星空咏叹》，"不要无端窥探，不要心怀杂念。美丽的色彩，最容易暗藏刀剑的偷袭。不信吗？那跳跃刀尖上的风姿，就是岁月行走的姿态。"从这些诗文中，可以感受到作者对生命、对人生、对世态的认识和态度，也能触摸到作者与众不同的个性。

什么是好的散文诗？好的散文诗，就是那种让人一见钟情地产生惊喜、喜爱、共鸣，并能够经受住时间的淘洗和考验的作品。好的散文诗人要有自己的坚守和操守，守住写作上的独立和自由，且在作品中创作出独属于自我的气质、魅力和味道。而张光荣的尚佳表现，正迎合了这样的描述。例如他的散文诗作品《诗意陕北》，"隆起的、沉陷的，万千峰林与沟壑，如同父亲皱着的眉头，穿越亘古的时空，燃烧大地的激情。""黄河号子激唱着古老的歌谣，与咆哮的河流一道，如同战斗的旗帜，点燃整座大山。永恒，构成了一座经典的丰碑。"这样的描述，倾注了作者内心真挚的情感，也写出了陕北独具历史积淀和沧桑的大美意境，可谓张扬、霸气、雄浑、苍茫。

诗人的创作离不开地域背景。散文诗人创作出的作品同样难以逃脱与地域文化千丝万缕的联系。对于一个诗人而言，他所创作的作品总会或隐或现地弥漫"地域气息"，总会与所生活的环境或多或少地存在关联。从张光荣的作品中，就足以看到他所生活的地域的特征和地貌及人文情怀。据我所知，在陕北生活和工作的许多著名的作家，他们都是以陕北的地域为家园，倾情为之高歌，倾情抒发自己内心的不竭情怀。张光荣已成为他们中的一员。在陕西，大部分作家都有自己的地域，这个地域不仅是生活的地域，更是创作的地域；好比家乡一样，总有写不完的题材和故事。著名作家贾平凹先生就是其中的代表人物。他的大部分作品，都是取材于他曾经生活过的乡村。坚持地域写作，是一个成功作家的必然选择。

有人说，作品是有温度的。这首先来源于作者内心的温度和写作的态度。如果一个作家带着思想与灵魂特有的温度去创作，那么，他创作出的作品就一定是有温度的，甚至是有热度的。人是有思想和灵魂、有情感和温度的生物，这种特殊的属性让人具备了区别于万物的神性。而诗与散文诗源自人内心的渴望和灵魂的需求，因此，作者在写作过程中，就会自然而然地流露出内心深处的诸多情愫和感慨，正是这些自己独有的不同于他人的"个性"和"特质"，才让读者在阅读过程中感到欣赏和赞叹，甚或报以敬佩和艳羡。

有一位诗人说："自家阳台上的花是最美的。"我赞同这样的观点。就拿张光荣而言，我与他已有二十多年的交往。可是，读过他的作品后，我始终有一种感觉：张光荣始终保持着一份诗心和初心，面对生活和文学，面对周围的一切事物，他没有去投机取巧，而是老老实实地去回应自己内心的感受，让感受流露洁白的纸上，让感受渲染诗意的生活。当今社会是一个物欲横流的社会，面对金钱与利益、虚伪与欺骗、狡诈与奸猾、假丑与黑恶，作者还是固守着文学，固守着一种文人的善良、坚贞、纯粹和永恒。有的时候，他也可能生活在一种挣扎、忧郁，抑或兴奋的焦虑中，但他不为所动，信仰依旧，初心依旧，文学之心依旧，他坚持着创作，且硕果累累。这真是可喜可贺！

张光荣的诗作，给人一种天马行空的感觉，更能给人带来一种精神上的独到享受和启迪。这部诗集中收录的作品看似繁杂，但脉络主线却十分清晰，那就是作者对爱情、对人生、对生活的态度，以及对生命本质的认识和敬重。每篇作品都渗透了作者的心血，也延伸和融汇着读者的感应；读者在阅读时，不仅能够感应到作品的温度，也能感应到自己内心的温度。这就是好作品的效应，这也是好作品的影响力。

读光荣的诗，是一种享受，是一次对话，也是一次聆听。因为他的每一首诗所蕴含的精神气质，都是力量的勃发，都是高贵的优雅。读完这部诗稿，我也仿佛经历了一次心灵的洗涤和情感的欢愉。在文学的海洋里畅游，我感到张光荣的诗作如花卉一样，绽放着无限的美丽；那种美不是一朵花的美，而是千朵花的美，是姹紫嫣红的美。当然，从诗中也可以窥见作者的心灵之美、品德之美、艺术之美。他的诗作，质朴里蕴含着淡淡的芳香，平凡里流露着对人生道义的拷问，执着里透露着深沉与豁达，或许这些正是他的诗作最能打动人心的力量所在。

我衷心祝贺张光荣这部《岁月如歌》诗集面世。我更期待着张光荣能够更加关注生活，更加全身心地投入到火热的生活中，面对新时代，创作更多反映新时代人民美好生活和企业高质量发展进程的佳作！

（作者系陕西省作家协会会员，陕西省职工作家协会理事，陕煤集团职工作家协会副主席，《梅花》杂志编委）

远方静静等你

夜的帷帐，将一切喧闹

深深隐藏霓虹灯下，心中的挚爱

却像风，掠过我的眼帘

未曾有片刻停留

抑郁里，岁月犹如一面巨大的镜子

不知辉映的是洒脱，还是守望

亲爱的，我在远方静静等你

指尖如飞，键盘上流淌的温情

如同缠绕的河流，你的心

在我的思念里飞向远方。苦苦守候

却不曾得到一丝温暖

是谁在暗自哭泣，难道是我太过矫情

想你的日子，天空下着揪心的雨

亲爱的，我在远方静静等你

掀开迷雾浸透的思潮

我早已泪眼婆娑，泪打湿了衣襟

唤不醒你的野性。强忍着痛

步履沉重地在大街上行走

所有的尊严不复存在

你还是你，我却不是原来的我

亲爱的，我在远方静静等你

强忍着痛，不让感官失灵

沥沥的雨中，我在守望

没有你的天空，即便是隔帘的距离

都是惆怅。借用一盏橘灯

照亮每一处黑暗，所谓的不离不弃

都是悲欢离合的谎言

亲爱的，我在远方静静等你

天涯海角，海枯石烂

是你曾经的承诺

为了承诺，我放弃了高贵

你却让承诺，变成我的枷锁

即便你风流成性

我的心依旧忠贞，哪怕是身败名裂

亲爱的，我在远方静静等你

总是走不出你的影子

我的温情，都是滴血的泪

生命里，既然唤不醒你的灵魂

就让我的守望，点缀夜的安静

守望里，我不会哭

因为我的灵魂不会死亡，哪怕你的灵魂早已死亡

亲爱的，我在远方静静等你

挣扎

自从与你相约，我就在风暴的旋涡里穿行
不管别人怎么认为
我都会用理智，包容你的狂妄
你不要无动于衷
我源自内心的纯粹，都是血与火的冲撞

自从与你相约，我就在风暴的旋涡里穿行
不管别人怎么认为
我都会用理智，包容你的狂妄
你不要得寸进尺
我源自内心的纯粹，都是有情有义的思量

自从与你相约，我就在风暴的旋涡里穿行
不管别人怎么认为
我都会用理智，包容你的狂妄
你不要太过狂妄
我源自内心的纯粹，都是被烈焰焚烧的自信

自从与你相约，我就在风暴的旋涡里穿行
不管别人怎么认为
我都会用理智，包容你的狂妄
你不要自作多情
我源自内心的纯粹，都是被炽热包容的问候

自从与你相约，我就在风暴的旋涡里穿行

不管别人怎么认为

我都会用理智，包容你的狂妄

你不要太过矫情

我源自内心的纯粹，都是被冷漠击碎的情愫

自从与你相约，我就在风暴的旋涡里穿行

不管别人怎么认为

我都会用理智，包容你的狂妄

你不要太过无情

我源自内心的纯粹，都是被沧桑点缀的温情

自从与你相约，我就在风暴的旋涡里穿行

不管别人怎么认为

我都会用理智，包容你的狂妄

你不要胡言乱语

我源自内心的纯粹，都是四季风点缀的花朵

自从与你相约，我就在风暴的旋涡里穿行

不管别人怎么认为

我都会用理智，包容你的狂妄

你不要太过愚钝

我源自内心的纯粹，都是打开你心门的钥匙

枷锁打开了，你就不会沉默

枷锁打开了，我就不必挣脱

守望爱情

插上隐形的翅膀，在黑夜里飞翔
月的影子，如同你的心思
时而穿过云端，时而隐藏苍宇
你难道是轻捻丝线，让轻柔缠绕我的心思
亲爱的人啊，你千万别让卑鄙刺穿我的纯情

窥视苍宇，每一颗划过天际的耀眼夺目的流星
是幸福的思潮，不时在脑海跌宕起伏
是美妙的瞬间，不时在眼前辗转徘徊
你难道还无动于衷，让纯真的爱情渐行渐远
亲爱的人啊，你千万别让煎熬灼伤我的灵魂

流浪的日子，不知是何种风物
灼伤了我的眼睛。你的飘零我的心痛
昔日的承诺，早已变成无耻的谎言
你难道还要强装欢颜，让逝去的承诺绽放星火
亲爱的人啊，你千万别让虚伪玷污我的思想

迎着烈风，我不知为谁醒着
难道你是我一生的感动？那一定不是
抵御寒冷的老屋，才是我走过风走过雨的感动
不要惧怕岁月的冰冷，将复杂变为简单
亲爱的人啊，你千万别让冲动撕碎我的甜蜜

孤夜里我在奔跑

不知是太过无知还是太过狂妄

孤夜里，我在闹市奔跑

听不到太多喧嚣，亦看不见霓虹灯的律动

只感到裸奔的魅影，被人指指点点

难道我是一匹孤独的狼

难道我是一棵无根的树

善良的人们啊，为何不拉我一把

怎能让我在大庭广众下丢人现眼

裸奔中，我在叹息

裸奔中，我在流泪

尽管凄厉的风儿在久久地嗥叫不绝

尽管痛楚的战栗在久久地撕裂心扉

孤独里，打问相思的种子

难道我的忧伤，是因为你的离别

不知何时才能停下裸奔的步伐

不知何时才能收敛悠长的歌声

记忆里，却找不出一丁点词汇

你要是来了，千万别系着风铃

因为风铃的声音，会唤醒我沉睡的梦

期待

痴迷的梦
不停地撩拨满怀的心思
那一串串晶莹的泪珠
多像你欲飞的倩影
我不曾痛苦
只期待未来的日子
不再是飞雪漫舞

收起你的矫情
别再缠着我
因为受过创伤的胸口
还缠着绷带
因为伤未好，情就不会汹涌
因为伤未好，痛就依然相依
即便你再矫情
也不会偷走我的温情

你别再撒谎
你别再献媚
我痛，就让我撕裂
我痛，就让我死亡
只要你快乐
我就幸福

被柔风吹醉的，都是最美的花香

你不要徒劳无益地奔跑
你不要风情缠绵地相思
渗透在你骨子里的懦弱
缠绕在你额头上的风尘
都是暗伤犹存的撕扯
赶紧把你的思绪收拢
滋长在黑暗里的幸福
你最好不要触摸

假如还能再爱你一次

美丽的姑娘啊，你在哪里

你走了，为何不曾留下一丝音讯

我所期待的重逢，为何总是遥遥无期

梦境里，你的影子总是在眼前晃动

难道你在故意躲避

总想让我的心海背负一种思念的沉重

美丽的姑娘啊，你在哪里

你走了，为何不曾留下一丝音讯

我所期待的重逢，为何总是过眼云烟

梦境里，你的影子为何总在我的心田盘旋

难道你是不愿重逢

总想让我的心海埋下一粒遗憾的种子

美丽的姑娘啊，你在哪里

你走了，为何不曾留下一丝音讯

我所期待的重逢，为何总是昏暗的印记

梦境里，你的影子总是在我的泪花里盈盈

难道你是无动于衷

总想让我的心海绽放不出一朵鲜艳的花

美丽的姑娘啊，你在哪里

你走了，为何不曾留下一丝音讯

我所期待的重逢，为何总是无期的煎熬
梦境里，你的影子总是在我的甜蜜里迷失
难道你是演绎悲怆
总想让我的心海留下一生的遗憾

美丽的姑娘啊，你在哪里
你走了，为何不曾留下一丝音讯
我所期待的重逢，为何总是纷乱的步履
梦境里，你的影子总是在我的秋波里徜徉
难道你是故意安排
总想让我的心海失去一生一世的光华

美丽的姑娘啊，你在哪里
你走了，为何不曾留下一丝音讯
我所期待的重逢，为何总是悲悯的血色
梦境里，你的影子总是在我的喜悦里曼舞
难道你是刻意煎熬
总想让我在灰暗里品味无情
要是这样，我拒绝你的冷漠你的冷艳

拒绝迷茫

一次又一次刀光剑影的厮杀，你喘息着

冥冥之中，仰望星空叹息

难道活不过今夜，见不到明天的太阳

我希望活着。满身血迹，却找不到疗伤的地方

喷涌的鲜血，洒满身后深浅不一的足印

每走一步都是艰难的跋涉。死亡的气息

激活的是灵魂的桀骜不驯。隐忍青涩的梦

激发的遐想，流淌在激情燃烧的河流

伸出腿，阻挡不住一切残酷、恶毒、冷漠连同丑陋

面对险恶面对恶毒，你千万不要失去理智失去倔强的心神

每一次死里逃生的经历，那都是命运的安排

别太失望，更不要被无序的乐曲扰乱心神

只要勇敢走进隔断人间烟火的门，你就不会失意不会彷徨

蜗居山林的一隅，别老蜷曲着身躯

暴风雨后，生命绝不会在电闪雷鸣中飘逝

时光穿越的每一个瞬间

注定是生命熊熊燃烧的烈焰

远方伊人

远方的伊人，你可安好
深陷漆黑的夜空，我的思绪在不停地翻腾
也不知远方的你睡了吗？此刻，我背着墙，含着泪
一刻也停不下对你的思念。用精美的词汇
把自己武装到牙齿，那动感的、立体的幽怨
靠着树，压着地。释放的都是至善至纯的美丽

望着远方，幽蓝的风
如同夜色雕刻的光影，调教我混沌的灵魂
总想与你相约，岁月的沧桑犹如斑驳的客船
总是让我错过购买船票的日子。难道你还在痴迷
孤寂里，悄悄追随星月的朦胧
纵然有千古风情，都在静谧里止步
挤不进风儿的缠绵，更挤不进你的记忆

守着宁静，澎湃的思潮
如同撒落的梦，如同伤心的泪
久久盘旋孤寂的窗前
片片飞舞的红叶，犹如点点滴血
撒满湿漉漉的梦境。所谓甜蜜
是暗自哭泣的心语，是伤痛错落的淅沥

固守家园，把伤痛掩埋心底

强装欢颜地面对年轮锁定的清秋

滚烫的泪，强忍着不让溢出

面对喧嚣，我装着若无其事

可穿梭心灵的眷恋，仍旧不停地滚落

沾满衣襟的痛，不知是利刃的刺痛，还是灵魂的超脱

你若安好，便是晴天

黑夜里远行

黑夜里，一颗耀眼的流星

极速地坠落，刺眼的光芒

点缀了苍宇，也灼伤了我的眼睛

我什么也看不见。夜好幽静

黑暗里，挥起如椽的巨笔

任由笔锋随意挥洒，洋洋洒洒的文字

不知是在写一部史书，还是记录岁月的蹉跎

既然流星灼伤了双眸，那就将所有的风景掩藏

脑海狂舞的碎片，时不时击碎欲望的种子

任由灵魂自由自在地飞翔，那飞舞的思潮将不再是悲戚

黑暗里远行，虽然泪花不经意打湿了睡枕

风骨与精神，真理与倔强，又构筑起新的精神高地

告别黑暗

独居老屋的一隅，每一处流动的气息

都是昔日熟悉的味道。倾听窗外的雨声

不知沉闷的夏，是否能收起独舞

坐在黑暗里，苦苦寻觅

狂烈的思潮总是静不下来，难道那疾走如飞的脚步

是你的浪漫的追逐。静默里，收拢整日整夜的冲动

夜空飞舞的思潮，是刺穿云霄的嘶鸣

我并不是一只任人宰割的迷途的羔羊

握着寒冷，总以为咬咬牙就能挺得过去

谁曾知，六月惆怅的风雪，却始终留在沟壑遍布的额头

好想痛饮一杯忘情的酒，让自己连同岁月一起沉醉

可你傲慢的挑衅，迫使我拿起无形的剑，刺向夜空

伤着你了吗？那一定不会

因为，一个有思想的行者

绝对不会做出如此龌龊的事。痛即醒

摇晃里，夜空高悬的依然是风情的眼睛

记忆

把凌乱的思潮

紧锁抽屉深处

不管你是否珍惜

每一个延伸的字符

流淌的都是心田的秘密

你不要含着虚假的泪

安慰我的灵魂

飞舞在指尖上的谎言

那肯定不是温情不是暖流

那是失去甜蜜疯长的苍茫

苦难里我在祈祷

祈祷高悬头顶的太阳

不会像流星般滑落云端

捡起你的影子

揉进唇间的是你我滚烫的呼吸

让长鞭留下倒影

让激情留下灵动

隔河相望的你我

注定不会让温情的泪

打湿记忆的长河

惦念

山风呼啸着，撕裂着，尖鸣着
我所经受的每一次穿心透背的肆虐
都是低泣、喑哑、苍茫的色调
因为是你，不经意间
伤透了我的心神，我的爱人啊

阵阵的疼痛，在心底泛起无言的歌
爱人啊，不知你是否还在行走
要是还在路上，就卸下疲惫等着我
被芳香缠绕的惦念，注定不会让你
独自在荒野吟唱。我一定不会缺席

爱人啊，我不明白
说好的重逢，为何总是在梦中相约
爱人啊，你千万别在寒风中等候
云端的另一个方向，有着我放飞的温暖
你别不信，那是我对你裸露的坦诚

爱人啊，有你我就不会孤单
爱人啊，有你我就不会寂寞
以往的苍茫
那是岁月馈赠的自由

在我心里，那并不是自由

远方的爱人啊，你听到草原上的歌谣了吗
远方的爱人啊，你点燃故居里的油灯了吗
要是没有
我就借月影
让清辉终止夜的无眠

望山

心的踌躇，与山路的曲折盘旋
构成一幅由远及近，由近及远的画面
那逶迤叠嶂，溪流缠绕的岭
那山青林密，衣袍消瘦的峰
都是深不可测的意境

不经意间，春的温情
早已将憔悴的大山，吹至一片青翠
那突然跃入眼帘的绿，是岁月节节升腾的意象
你别不在意

对着风声、雨声，以及雷霆万钧的啸音
你不要以冷漠面对温情，更不要
水土不服。每每藏匿心头的惦念
都不会是突兀的情怀
或是悲壮的涟漪

大山的路，曲折盘旋
可你千万别失去自信
只要跨过了坎坷，越过了心魔的煎熬
恪守不变的信念，就会在心田
萌发新的惬意。然后让你的心神
一并融入大山深处

生命的色调

1

响亮的一声啼哭，我的生命降临了人间
从那一刻起，神祇赐予的灵魂，注定要与世俗相交
睁开眼，世界是一张白纸，思想是一种清纯
朦胧里，时隐时现的美，是蓝色的律动

要是一直不长大该多好。要是那样
也就省了许多烦恼许多忧伤。欲振翅高飞
不绝于耳的流言、卑鄙恶意的中伤，总是让心静不下来
端着酒杯，不饮已醉。光影相融的影像
早已不再清纯。留下的清纯，唯有心的呐喊

生命是什么？是激情闪耀的红，还是厚重凝聚的黄
生命是什么？是激情荡漾的蓝，还是晶莹律动的紫
你选择什么？我义无反顾选择生命的绿
因为绿色，是生命最蓬勃无限的张力。选择绿色
我读到的美，是掬水而笑的喜悦
拥抱绿色，你别不自信

2

不是自作多情，不是狂妄自大。凝重的生命里
每每承载的厚重，是人生一份可遇不可求的馈赠

面对生命，你千万别伪装虔诚。伪装的情感

只是骗人的伎俩。伪装的外衣，迟早会被剥尽

当你赤身裸体时，生命的厚重

定会将你内心的污点，抛向深深的谷底

恢宏是生命的天宇。你是渴望理想的绽放

还是渴望远征的畅快淋漓

困境中，你在飞翔，也有挣扎

快乐里，你有痛苦，也有激情

无论哪种经历，堕落都不是你的选择

因为天涯海角，有你的缠绵，有你的牵挂

快去看看。生命承载的情感

早已将所有心存的枷锁，演绎成壮丽的波涛

恢宏是生命的天宇。你听到死亡的召唤了吗

那摧残生命的恶魔，为何总是咆哮

你不要理。它总是躲在黑暗的角落

羞于见到阳光。流动窗前的阴冷

那不是哭泣。你要自信，不要沉沦

黑暗里飞舞的旗帜，就是光明的使者

借我一捧泥土，我会绽放美丽

给我一掬圣水，我会浇注生命

生命的每一次燃烧，要么粉身碎骨，要么肝脑涂地

品味生命的轮回，那燃烧的激情

是美的飘逸，是情的婉约

你别在影子里苟活。真实的生命

绝不是凄婉的悲歌

3

以美丽的姿态放飞生命。生命的归宿，你无法预料
栖息的一隅，随时会在风雨中断线飘摇。你拿捏不住
要是坠毁，就会惊心地痛
所谓永恒，就是快乐地结束
繁华落尽，留下的诱惑与你我无关

生命的原野跋涉。词典里
找不出任何可以表达思想绽放的词汇
手握相思相忆的红叶，岁月吐露的思潮
缓缓在生命里流淌。逝去的岁月面具
弥漫着冷酷、激越，或是奔腾的锋芒
你不靠岸，就始终游离。所谓精彩的瞬间
只不过是生命划过的一道弧线。全无意义

在如歌的四季，守望灵魂
心门固守的精彩，是充盈日月星辰的守候
煮一壶老酒，凭栏聆听。如血残阳述说的故事
谁在聆听。你不要撩拨风情，悸动的轻狂
定会在生命的每一个瞬间，构成雨季般的愁怨

人生断章

窥视

不知是风声还是雨声

我躲在故居的屋檐下

放飞思想的翅膀

窥视人间的温暖

你感觉到煎熬了吗

拒绝

以优雅的姿态

独处喧嚣的人群

不曾忘却你的温情

伸出手抓不住你的心

因为你拒绝了我的优雅

等待

人家的花儿都在争奇斗艳

我播撒的种子

总是不见发芽

难道美丽的憧憬

会在春暖花开的季节凋谢

疼痛

脊梁被利刃刺得血肉模糊

却一点也不觉得疼痛

这是为何

因为你的存在

温暖我的心神

记忆

独自执樽

畅饮一杯烈酒

满屋漫舞的清香

是温暖的故事

你的影子又在何方

春色

谁说少女不善怀春

谁说少男不善钟情

走进浓浓的春色

所谓的来世今生

都是惊艳的放歌

绽放

送人玫瑰

手有余香

你别独自啜饮

结晶的色彩

早已镶嵌在记忆深处

惆怅的梦

寂寥的夜，柔风带着我的思潮
吟唱无人能懂的歌，漫舞封闭的城堡

推开窗格，湿漉漉的记忆，湿漉漉的惆怅
浸泡在岁月的痛楚里，不让别人打扰

怀揣煎熬，你别装着若无其事
我溢出的泪，绝对不会在你面前滚落

灵魂深处的痛苦，我老早就锁在心底
即便再孤单，飘溢的芳香也不会让我太过伤怀

一次次撕裂的伤痛，那不是肉体的分离
前世今生的约定，我依然会守信践诺

一次次蹉跎的感怀，那不是阴阳的相隔
跳跃指尖的倾情，那是被利刃屏蔽的缠绵

城墙

厚厚的墙，犹如坚硬的盔甲
将一切虚伪的、真诚的、快乐的、痛苦的记忆
一并收至古城的胸腔。所谓的完整
其实就是掩饰的虚伪，掩饰的碎裂
触摸城墙的冰冷，秦砖汉瓦的色调
其实都是无病呻吟

坐在墙上，厚厚的墙
是古城永不褪色的皮肤，城墙包裹的灵魂
掩藏的污浊，连同虚情假意的卖笑
都在渐渐地枯萎。你若不信
那就剖开它的胸腔，所有的信息
裸露的都是岁月暗藏的冰冷

触摸城墙，它是刻意地掩饰沧桑
即便你倾心相依，古老城墙的无病呻吟
都是弱者的姿态。冷风传递的信息
早已将它的赘言，轻轻剥落
沉默里，我的固执，不经意间
在城墙上生长出一朵新的花蕾

冷箭

以最低的姿态，在泥泞的路上跋涉
所有的景致似乎与我无关，可我显得太过幼稚
密林深处冷不丁飞舞的一支支冷箭，如刀、如矛
总是不经意间刺伤我的温情

拖着受伤的躯体，满怀壮烈
以文字诉说悲壮，用呐喊倾诉刚烈
捡起一支支冰冷的箭，折断它
脊梁承载的伤痕，凝固在嘴边，亦凝固在云端

别再龌龊

你是智者吗？要是智者

就不要总在人流涌动的空间，说些亲者痛仇者快的言辞

你是智者吗？要是智者

就不要总在人流涌动的空间，用龌龊的语言刺伤弱者的心灵

面对你的龌龊，尽管我总是刻意躲闪

可你无知的言语，如同卑鄙者的游魂一般

总是阴魂不散。令我的心智错乱纷杂

带着火把，穿梭喧嚣与宁静交织的经纬

我在寻找高尚的人。为何卑鄙总是若隐若现

擦亮眼睛，分不清何为清纯何为龌龊

难道肮脏，总能伪装成真情

吸食我的鲜血，滋润你的躯壳

拭去眼角的血泪，高贵的绳索

定会将你的龌龊，堵在胡言乱语的嘴角

龌龊与卑鄙，其实就是一个词汇

两者交汇的意识，要么是抽搐，要么是蒙蔽

你要是接纳了无耻，那就是龌龊

你要是接纳了乱语，那就是卑鄙

你要是接纳了诱惑，那就是亵渎

你要是接纳了宁静，那就是高尚

试问在荒诞和卑鄙之后，你的灵魂会游荡何方

生命

赤条条地来，每一季踌躇的独行

荡漾胸腔的都是春心不老的宁静，再无别的

赤条条地去，每一次凋谢的恋情

塞满胸腔的都是焦灼不安的宿命，残缺如冰

在风口浪尖上行走，梦呓的恩怨情仇

情有独钟在宁静中喷涌，如临深渊的胆战心惊

并不是生命交汇的心照不宣，孤绝地在浪尖起舞

喧嚣、隐晦、暗淡，构成的不悦是被隐晦掩盖的惊恐

没有足够的理由让思绪停下，清幽的小径，细碎的星光

相拥的不是恍惚，不是摇摇欲坠的堕落

相拥的是被人性之光点燃的温馨

锁定灵魂，裸露的生命一定不会抱残守缺

不要躲避死亡，上帝与你同在。像智者一样

不要让如注的泪迷住眼睛。要是这样

重复的悲情，就不会恶意丛生。脱下伪装的面具

痴迷的权力，只不过是让生命更早拥抱死神的拐杖

胡杨林追梦

没有说，不见你。见你

是我魂牵梦绕的追逐。不管别人如何对你

在我的心中，你始终是倔强的哨兵

是我的牵挂，我的依靠

曾经依稀见过你的照片，却不曾见到你的芳容

如今，站在你的面前。我哽咽无语

以往所有记载你的文字，连同照片，瞬间都失去意义

因为我不明白，亘古的荒漠，你是靠何种信念支撑

义无反顾、忠贞不渝地固守家园

那迎风、迎雨、迎击电闪雷鸣的季节，你又是如何抛弃心存的杂念

刚毅地傲视荒漠

你难道不孤独。如果没有你的存在

那村庄、河流、城郭，还会是印象中的景致

拥抱你裸露的身躯，你滴滴的泪，始终浸泡我的灵魂

你尽管皮裂肉绽，你尽管血液流尽，却依然不倒

即便是骨骼裸露，身躯也依然怒指苍天

即便是横卧荒漠，脊梁也依然笔直如碑

你的美，是刚烈的风华

你的苦，是沧桑的情怀

你的痛，是不屈的利剑

一边是美丽的画卷，一边是斧钺的戕害

你微笑着对峙。即便赴汤蹈火，将血流干，都无法抵御无情的戕害

你痛苦地搏杀。即便赤身裸体，捉对厮杀，也无法守护宁静的一隅

试问，何为"文明"？何为"野蛮"？静默里，无人应答
无数次交锋，无数次较量，你总是自信满满，风光依旧
战死沙场，你灵魂不屈。没有人不信。假如不信
就让无知的人们看看你暴突的肌腱。一切都是搏杀的记忆
虎踞龙盘，你豪情万丈。没有人不服。假如不服
就让他摸摸你枝丫的经脉。一切都是绝唱的凄美

脚步

用轻盈的脚步

叩开紧闭的门

黑暗里，看不清任何物体

只感到心的战栗，血的凝固

这是为何？难道黑暗掩藏的风景

是你蓄谋已久的陷阱

将身体蜷曲黑暗的角落

目光搜寻不到一丝亮光

一波又一波的隐痛

难道是静默过后的心语

我在赌咒，赌咒黑暗的接踵而来

赌咒那致命的空虚

但愿黎明的霞光来临之前

我不再在空虚里厮守黑暗

烈风在不停怒吼

飘逸的长发，掩盖了你的脸颊

无论从哪个角度窥视

我都无法看清你的容颜

尽管你我近在咫尺

灵魂的战栗却是莫名地沉重

思绪在一次次坠落

灵魂在一次次煎熬

也不知你的身躯，是疲倦还是刚烈

硬生生睁开被风沙迷住的双眸

隐忍的痛，如同被岁月打磨的老茧

裸露人生

呼啸的岁月，夹杂满腔悲愤

将一切不快与烦躁，硬生生抛向大海深处

所有轨迹，如同既定的抛物线

将处于险境的生灵唤醒，弥漫的恐惧

惊扰的不是深蓝，不是无序的形式

电闪雷鸣的撕裂，注定是一场拼死搏杀的较量

赢了，恶毒的病菌就不会附着你我的躯体

败了，恶毒的病菌就会到处弥散恐惧的气息

陷阱里，你该如何惊醒

反抗要是不会产生结果，你也要抗争

即便主宰者步步紧逼，你也不要屈从

卑躬屈膝，绝对不是你要选择的方向

宇宙浩瀚，一定不会让你大声哭诉

你的倔强，你的不甘

形成了骨子里从没有被击垮过的傲慢

挺起脊梁，让胸膛的烈焰焚烧岁月的执拗

打翻的水缸，是阴谋家塞满的无耻谎言

阴谋家的怜悯，你不要相信

无耻的谎言，与卑鄙没有任何区别

难道你不识风情，难道你不懂圆滑

穿心透背的寒意，一定不是你渴望接纳的意境

来吧！让呼啸的烈风带走你我的惶恐

来吧！让你我的刚烈带走卑鄙的流言

熊熊的烈焰，定会烧掉隐藏的所有污垢

与痴人相约

你简直就是一个疯子，总是在温情里灼伤男人的心神

每一次浪漫的旅途，总是被你搅和得面目全非

局外人看来，你的双眸是如此勾魂

不经意间，我却看清了你灵魂的腐朽

尽管你喷洒了诱人的香水来迷惑男人

可那腐肉的味道，不会被理智的思潮淹没

收起你的欲望，别再欺骗善良的男人

黑暗里，男人的战栗，那是与生命的对决

你撕裂的叫喊，并不是深邃的思想

你别再演戏，浪涛淹没的，原本就是你肮脏的伎俩

我匍匐着喘息。然后一动不动

躯体上浸透的每一滴汗珠连同泪花，都是飘落的尘埃

望着深邃的夜空，难道是我迷住了双眼

倾听缠绵的涛声，难道是我失去了信念

用心剥离掉一层又一层的风沙，甜蜜的梦碎了

谁能见证所谓的缠绵所谓的风情

此刻，我虔诚的心

早已在失眠的夜，隐藏高高的云端

梁家河，一部大写的史诗

以追寻真理、追求信仰的名义，

在鸟语花香、硕果满枝的季节，

我穿越无数的山峁，亲近无数条河流，

沿着一条蜿蜒盘旋的史诗般的路，

走进被蓝莹莹的天、清凌凌的水缠绕的村庄——梁家河。

仔细搜寻一幅幅用青春岁月描绘的饱含沧桑而又不断演绎激情的画卷，

我倾心感悟一部部用执着坚韧定格的璀璨历史而又不断延续芬芳的诗篇。

啊，梁家河，

躺在您的怀抱，我的身心，早已被您的风骨俘获。

您是一条河吗？

假如是一条河，潺潺的流水如同母亲的乳汁，

孕育了西北汉子才有的铿锵，

孕育了西北汉子才有的豪迈，

孕育了西北汉子才有的情怀。

您听，山峁上那一曲曲信天游慷慨激昂的律动，

就是您信仰的力量，就是您永不屈服的宣言。

啊，梁家河，

亲近您的颜容，从悠长的历史夹缝中，

我似乎倾听到胡人羌笛的颤音，

我似乎倾听到匈奴人马蹄践踏华夏山河的喧嚣。
然而，亲近您的颜容，
我最依恋的莫过您千年屹立不倒的烟台烽火，
我最依恋的莫过您千年犹存的古道驿站。
静静触摸您的颜容，我醉了。
不是吗，您那雄浑的风骨，您那倔强的脊梁，
早已与历史相融，淬炼定格成一个新的维度。

啊，梁家河，
拥抱您的背脊，我突然感到您不是一条普通的河。
因为那蜿蜒盘旋的浪尖上，处处辉映着前辈们的足迹，
因为那河水缠绕的山峁，处处闪烁着燃烧的燎原之火。
站在高高的山巅，俯瞰您，
到处彰显的都是您的倔强，都是您追求真理的坚持。
步入您的胸膛，信手拈来，
每一次力量的喷涌，凝结的都是您追求真理的光芒。
步入您的胸膛，信手拈来，
每一次力量的喷涌，凝结的都是您果断坚毅的品格。
于是，我想，您肯定是一条被红色基因缠绕的河流，
否则，您就不会如此倔强。

啊，梁家河，
亲吻您的脸颊，我的思绪在不停翻腾，
面对您，我忽然迷茫了，
您到底是一条河，还是一座山？
在我看来，您更像一座山，
因为您用大山的襟怀，接纳了一粒粒战斗的种子，

让他们在您的怀抱，锤炼革命的意志，接受信念的洗礼，传承奋斗的薪火。

不是吗？困惑中，有一粒战斗的种子，在煤油灯闪烁的微弱光芒下，

如饥似渴地研读着经典著作，思考着"是生存还是毁灭"的问题，

不是吗？困惑中，有一粒战斗的种子，在贫瘠的山峁，

用矢志不渝的信念，脚踏实地、实干担当的责任，无悔地奉献着青春，无悔地倾注着对大地的一腔深情。

正是有了这种对真理的不懈追求，坚如磐石的信念，

最终让这粒种子，绽放出最圣洁的理想之光。

或许，这就是梁家河您，最博大最无私的胸襟。

啊，梁家河，

在您的血脉里行走，我真的不忍离开，

因为在这里，我搜寻到了何为坚强，何为不屈，何为信仰的力量。

因为在这里，我搜寻到了何为胸怀境界，何为抱负担当，何为意志品质。

因为在这里，我搜寻到了何为矢志不渝，何为真挚为民，何为带头实干。

不是吗，您就是一粒种子，在大山的怀抱，用无悔的青春，用滚烫的汗水，凝结着历史，延伸着历史。

苦苦寻觅，我突然感到，

您就是一个坐标，一部大写的史诗，一座矗立的丰碑。

啊，梁家河，

站在新时代，您是一条不忘初心的河，

站在新起点，您是一座昭示航向的山，

您从款款的历史走来，复向悠悠的未来走去，

所有的人，都会在您的领航下，凝聚成磅礴的力量。

不忘初心，牢记使命，一往无前，

最终，让智慧之光，

点燃中华民族伟大复兴的梦想。

白鹿原

1

一位文学巨匠，书写了一部枕头厚的巨著

让白鹿原，揭开神秘面纱。

恢宏巨著如诗意的画卷，

让我融进历史深处，

始终走不出来，彻夜难眠。

2

趁着月色，我在黑暗里守望，

渴望看到白鹿飞奔的姿态，

鸟儿的嘶鸣，虽然惊起阵阵骚动，

却始终不见白鹿的影子。

3

相拥那一片片云彩，

亲吻那一块块土地，

可爱的高原，被一条条玉带缠绕

站在原顶，我的心甜甜的

欢乐的思潮，穿越了簧山，穿越了终南山脉。

4

那是白鹿吗？一定是

不然，周平王怎会在惊呼中被吵醒

匆忙里，要在此再建王宫。

5

满原的风尘，满原的歌

不小心，掀开任何一处高原的皱纹，

都是丰满的史诗。

6

星夜兼程，一路狂奔，

原在欢笑，我亦无语

只因大山苍茫。

7

放下苦涩的愁，

骑上一匹烈马，我欲扬长而去，

身后卷起的滚滚烟尘，

是迷人的歌，是飞扬的泪。

8

寻觅秦风古道的踪迹，

战马嘶鸣践踏的路，

还依稀存在，

并不是人们传言的那样没了踪影。

9

烟雨朦胧，菩提花开

不知远方的佳人，拥抱的是沉重的肉身

还是久远的文明。回眸里，逝去的风华
渐行渐远，有你的位置吗
我不得而知。

10

掀开历史的封尘，倾听铁蹄的铿锵
不知是控诉，还是伤情
挥一把飞扬的泪，远处的烽火烟台
抵挡不住我的痴迷。

11

何为原始的生态，何为现代的华章
躺在你的怀抱，
原始的遗迹模糊不清，
现代的华章依稀衰败，
亘古与现代文明交织的悲情，
你是否真的领悟。

12

掬一缕月光，是谁在笑傲江湖
你的真身你的全貌，我一时半会感悟不到
但充满神奇的厚重，早已在怒吼秦腔的唱段里
响彻云霄。

13

白鹿的嘶鸣，唤不醒秦始皇的沉睡
白鹿的嘶鸣，唤不醒周幽王的贪婪
千古风流，是恣意的妄为。

14

红彤彤的樱桃，金灿灿的麦浪

笑裂嘴唇的石榴，恣意开放的野花

收纳了原野的无尽风光。

山峰的奇峻，瞭望灞河杨柳的飞絮

连绵不绝，蜿蜒百里

咀嚼历史，渭河溅起的水花

亲吻乳房般高耸的山峦。

15

高原的俊秀，是因有巍巍秦岭的滋润

高原的险峻，是因有叠嶂华山的装扮

那绿盈盈的水，那碧蓝蓝的天

你在何处能寻觅得到？

16

山雄水秀，川美岭阔

奇花异草，飞禽走兽

公王岭、水陆庵、悟真寺、文姬墓、辋川溶洞……

撒落一地的亘古文明，

都是高原绝妙的画卷。

17

站在原顶，你不要被山风熏醉

那曼妙的林海，那阵阵的松涛

那盘踞高山的秦楚大道，那风景迷人的汤泉湖泊

都是点缀高原的胭脂。

18

伫立仰望，高山奇峰耸立，沟谷幽深，云海浩渺
山间隐藏的古柏，犹如巨龙腾空
山间回荡的山泉叮咚，是清脆更是婉转
那五颜六色的色彩变幻，犹如魔杖
留下谜一样的故事，等待你我解密。

思念父亲

纷飞的细雨，不老的松柏

连同满园的桃花，点缀着父亲您的墓碑

风蚀雨淋，尽管墓碑上雕刻的名字

已略显模糊，可您的灵魂您的风骨

始终在儿女的心中，闪烁着不朽的光辉

父亲啊，站在您的墓碑前

我久久地无语哽咽

眼帘挂满的泪花，掉不到地上

却浸透在我的心里，连同我的痛

没有您的日子，可您昔日的爱

亦穿越亘古时空，久久地温暖着我

父亲啊，天堂的您可安好

没有您的日子里，儿女们血泪交织的悲壮

您可曾在冥冥之中惦念

父亲啊，您可安好

没有您的日子里，儿女们爱恨情仇的依恋

您可曾在冥冥之中看见

跪在您的墓碑前，儿女们的血和泪、痛和恨、快乐和忧伤

您收拢了吗？苦苦的父亲啊

伴着风，伴着雨

伴着电闪雷鸣，伴着漫舞飞雪

父亲啊，儿女们倾听着您的呼吸

父亲啊，儿女们触摸着您的脊梁

父亲啊，儿女们用血遥寄的书信

不知您可曾看到

要是收到了，儿女们的心就会踏实

要是收到了，儿女们的心就不会四处飘荡

父亲啊，站在您的墓碑前，我们不哭

要是哭了，您的心一定不会踏实

父亲啊，站在您的墓碑前，我们不哭

要是哭了，您的心一定不会好受

父亲啊，为了让您安心

儿女们定会坚强刚烈，那样才让您的牵挂

不再是痛楚缠绕的河流

谜样的天空

1

绿莹莹的山水，怎能不让我意乱情迷

碧蓝蓝的天空，怎能不撩拨我的心弦

咆哮的黄河，怎能不令我想起纤夫如泣如诉的呐喊

激越的信天游，怎能不令我深深感悟高原的狂野

啊，梦中的伊甸园！

一生注定的缘分，为何总是漂浮不定

空寂承载的意象，为何总是无端幽思

倾听天籁的絮语，为何总是深沉惦念

心与心交融的世界，为何总是在困惑里痴迷

啊，梦中的伊甸园！

深陷载满春秋历史纵横的沟壑，我不会陶醉

信念穿越亘古岁月浸泡的烟云，我不会倾倒

一次次的沧桑隐痛，那不是痛

那是壮美凝结的永恒

2

你睡醒了吗？睡醒了

那就背起行囊，走向新的一隅

不要对昔日的温存过多留恋

只要走进春的季节，你就会放下不舍

翻阅书卷的地方，早已是花光柳影

难道你还要不离不弃，将苍老

说成是梅花吐蕊的幽香。其实那是遍地污物

娇艳的猩红，并不代表结缘的晶莹

高原与经幡一同舞动的云彩

那才是最纯最美的景致

3

分不清东南西北

分不清鸟语花香

但却没有丝毫苦涩

因为岁月穿梭的一半是烈焰，一半是海水

触摸历史的尊严，那扇虚掩的门

并非你我想象的那般凝重

那一个个凝固的瞬间是永恒

历史不应该忘却，忘却就意味着背叛

穿梭光明与黑暗的帷帐

千年一叹的激情，是被风花雪月浸泡的思想

你要是留不住春天，就会留下遗憾

星空咏叹

1

仰望星空入眠，然后将悲情，抛向黑暗。幻想着让美丽的心思，不再是斑驳的痛。

头枕巨石，遥望错落有致的景，那是春夏秋冬演绎的画卷。而我并不喜欢。我只渴望悬挂刀尖的衣衫能尽快被烈风吹干，用它遮挡伤痕累累的躯体，使自己不被无知者耻笑。

月光凄冷。既然是凄冷，就畅快淋漓些，别让我失去知觉。月光温情。既然是温情，那就再平静和暖些，别让我拥抱冰冷。

敞开胸怀，忍受饥饿。风儿传递的是流言还是欢歌。苦苦追问，只觉无数的相约，堆积的都是孤傲。

撸起袖子，胳膊无法遮挡无数晃动的鬼脸。那些笑脸的背后，玩弄的都是阴谋都是阴险。

不必在意流言。无耻的流言即便分贝震耳，即便撕心裂肺，喧嚣的天空，都有能让你我栖息的净土。

2

爆竹响声不绝，礼花在空中绽放。不绝的声响，绝对不是嘲讽。

不要心怀鬼胎地讥讽。曲曲直直的路，即便设置了层层关卡，企图阻止强者前行的脚步，也都是徒劳无益的不耻。

奔跑着，欢笑着。阳光流露的温情，不是所有人都能感受得到。弱肉强食，恶意围攻，那是失败者的狂号。深沉的情感，你没有必要拒绝。

阳光刺穿云雾的力量，那是让你接纳的温柔。即便你被群狼撕咬，也不要失意。留在阴影里的斑痕，叠加在斑痕里的虚伪，迟早会被美丽所虏。

不要无端窥探，不要心怀杂念。美丽的色彩，最容易暗藏刀剑的偷袭。不信吗？那跳跃刀尖上的姿态，就是岁月行走的傲骨。

3

不要总是沉迷风花雪月，不要总是置身喧嚣。不断变换的时空，都是诡异的陷阱。

烈焰在不停焚烧，流言在四处传播，刚烈的你不要横冲直撞。沉睡，才是最好的意境。

喝上一壶老酒，让酒精麻醉神经，欲望就会得到抑制，心绪就会平和。你不要在火山上跳舞，稍有不慎，就会被焚烧成尘埃。

睡梦里，你在呼唤吗？失落的思想，其实就是新的高度。真与假、真诚与虚伪、欢乐与痛苦，隐藏着最朴实的真理。

不要害怕失落，不要满怀失意。心灵呼啸的颤音，生命交织的印痕，都是猩红的印记。留住它，也就留住了阳光。

4

静观不断涌动冰凌的河流，那一道道叠加的伤痕，赌咒的绝不是恨意，而是安逸的放歌。

微笑着与它相拥。冰凌、雪影、雾气，构成一幅新的油画。虽光影迷人，却暗藏腥风血雨。搁浅的是遭受创伤的痛。

对酒当歌。缥缈里真实的胎记，犹如闪电，定会击碎野蛮人的追逐。

梦幻里畅想。走错的路，还可以回头再走吗？你说？

思潮

1

深夜，为何总是失眠？每一次近乎撕裂的呐喊，不知是惆怅的心语，还是失眠的足印？

透过朦胧的夜色，绽放的思想盘旋寂静的老屋。是在寻找情感，还是窥视爱恋？深深浅浅的脚印，难道不是怡情的心思？

2

深夜，为何总是幽咽？敲击冰冷的键盘，一段又一段或是炽热或是悲情的文字，不时在眼前飞跃。飞跃的文字，不知是夹裹着守望，还是阻挡着杂念？

窗外飞扬的雪花，来得真不是时候。六月，却是飞雪漫舞。错位的季节，难道隐喻着苦不堪言的冤情？

3

深夜，为何总是沉默？不要刻意地躲避黑暗，不要刻意地迎合恭维。流淌着的血液，从不会孤独。那蓬勃血脉的无限张力，定格的一定不是沉默寡言后的灼痛。

从梦中走来。飘溢的花香，是久久不散的温馨，是久久浪漫的心曲。呓语，一定不是记忆的伤痕。

4

深夜，为何总是含羞？喷涌骚动的欲望，隐忍在烈焰燃烧的熔炉，始终不能绽放神圣的生命之光。难道你还要守望，守望被诗意缠绕的尴尬？

睁开惺忪的双眼，窗外涌动的神秘哨音，那是含羞的絮语。期盼一份宁静，跨越时光的深邃，早已将撞击灵魂的舒坦，抛向苍宇深处。

5

深夜，为何总是悲情？熟了的梦就要采摘，丈量岁月的尺子，就握在你的手中。难道你要让梦醒着？搁浅的生命之舟，绝对不会让你过度痴迷静美。

让生命燃烧吧！肩膀扛起的沉重，那是信仰的依托。

圈子（外二首）

不知道用何种语言表达

每座城堡，都是不同的王国

即便你来来回回地翻腾，挤进了一座城堡

冰冷转动的齿轮，宣告你成为另一座城堡的异类

困惑

屏住呼吸，不敢高声

厮杀的悲壮，分割不同的景致

巨人在自信地指点江山，犀利的目光虽然拒绝冷漠

游戏的背后，必将是你我都猜不透的禅意

温情

心存一种惦念，却不可触及

满目飞舞的柔情，挂在布满冰凌花的窗格

躲在窗后，期盼的奢望

被阳光的淘洗，变成破碎流离的斑驳

曲江池

这绝对不是一潭普通的水，亘古的岁月中

它是由亿万滴飞扬泪花汇聚的湖，每一滴飞扬的泪花

触碰的都是灵魂的呐喊。转过身

你听到了吗？盘旋在天空的"曲江池里烈马现"的戏词

你看到了吗？呈现在眼前的那一排排残缺的石墩

你触摸了吗？阻挡在面前的那一面面巨型的浮雕

情与景，述说的是放飞的情怀，倾诉的是万千的柔肠

"思夫亭""贞烈殿"，演绎着爱情圣洁，历久弥坚

那经久不衰的《五典坡》，依旧见证千年世事的枯荣兴衰

收拢疲惫的脚步，解开烦恼的心结

让爱的呼唤，从湖底升腾。湖面每一次涌动的涟漪

都是虔诚的絮语，都是思念的感怀

相约玉桥卧波，相伴出水芙蓉，心头涌现的蹉跎

就是杜甫"江头宫殿锁千门，细柳新蒲为谁绿"的诗句

千万别触碰池水上任何一处绿色。你要守住清纯

然后用虔诚，相拥宁静

把所有美好的惦念，一并沉入湖底

被禁锢的思想，就会在湖底

绽放理想的光芒。然后，让岁月不老

追逐故乡

1

苦苦的乡愁，犹如幽怨的痛，让急促的脚步，总是停不下来。

印象中的故乡，是堆满收获的麦场，是石碾急速旋转的碾压。

急切地行走。扑面的柔风，是故乡亲情的召唤。它所隐喻的情怀，将久久难忘的乡愁，点缀皓月当空的天际。

故乡是灵动的圣土，故乡是精神的家园。无论你走向何方，灵魂深处的惦念，都是悠长的情愫。

无论是身处险境，还是在柔情中独舞。老屋满院都是温暖。

将记忆的心弦收拢，却无法收拢乡愁的温暖。连同乡愁的暗香。

点燃一支烟，缠绕心头的乡愁，是永久不会逝去的梦。

2

无法拒绝大海的深蓝。血脉渗透的每一滴血，都是力的澎湃。

大海的惊涛拍岸，我不会惧怕，更不会怯懦。融入大海深处思想的深邃，并不是坠落。思想的深邃，是我眺望精神家园的荣光。

在水一方。忍受的煎熬，不是疼痛。脊梁上深深浅浅的烙印，都是看不见的痛。只要呼吸还在，生命就会不老。

不知道面对大海，你是怎样一种表情。心灵的密码，不允许你我有丝毫懈怠。

追逐意象的灵空，将贪婪的心思关闭，隔世的唏嘘，一定是豁达包容的伟岸。

只要记忆的河流不再决堤，一切暗流连同漫天尘埃，都会在奔涌中回归深蓝。

3

这是一个什么样的空间？竖起耳朵，听到的总是喧嚣。

这是一个什么样的空间？回眸往事，盘旋的总是伤怀。

疯长在骨子里的疼痛，是嘎嘎作响的守望。簇拥岁月的皱纹，必定不会停下脚步。

不敢看你不舍的眼神，爱的祈祷，早在晨曦中慢慢散去。捂热胸口的抒怀，也早已掩饰不住尘埃的嘈杂。

给我一个拒绝你的理由，给我一个不再混沌的回眸。收拢的火焰，是晚霞的惊诧。

一道美丽风景

1

高挂枝头的花朵，丰满、轻柔。每一个被烈焰焚烧的瞬间，显露的都是羞涩。

不知道，你是何方圣女。天下好男人哪个都比我强上十倍百倍，你为何偏偏与平庸的我结下不解情缘。不弃不离。

不敢吸吻你的芬芳，不敢触及你撩人的风姿，偌大的田野，只留下冰冷的心思，相伴芬芳，沉默成永恒的冰雕。

此刻，温度是一种战栗的美。

2

能否为你的双眸蒙上一层薄纱。因为我无法拒绝你的美艳，你的撩拨。

清瘦的夜，有你的坚守，有我的怅惘。紧托一对欲飞的花蕾，花瓣上恣意炫耀的不老，是你的微笑吗?

望着你的脸，不知是不朽的韵律，还是原生态的浮动。

猛然转过身，轻轻拭去脸颊的泪，苦苦回想，情感越陷越深，为何却总是触摸不到你的花蕊。我只能在迷茫的夜空，独自触摸夜的无眠。

一声脆弱的响动，惊醒了甜梦。对你的思念，早已穿过蹉跎的梦境，点燃孤独的夜。

3

季节的笑容在你的额头，透过你刘海掩饰的眼神，我欲语还休。

不敢将沉睡的你惊醒，只能揉碎我的思绪。远方小河哗哗地流淌，带走的是你甜蜜的梦，连同你的忧伤。

守望你的倩影，落叶无语，却意境朦胧。

不想抱憾终生，错过了今生，就不会再有来世。承诺的下辈子，只是虚无缥缈的谎言。

你是我今生最大的牵挂，只要你的灵魂不再背负沉重，我就会用舌尖牢牢缠住你的风情。

你是我爱的女人，即便是在奔跑，心神也在不停地为你写着炽热的诗句。只要你能读懂。如果读不懂，就让炽热的诗句，陪伴渴望走进我的坟茔。

到时，你不必伤怀。不信你就等着。即使我走进坟茔，墓碑上也会吐出美丽的诗句，迎风飞舞。

4

不知何为一往情深，何为一见钟情，何为红颜知己，何为蓝颜知己。只要不是相伴一生的爱人，一切情怀注定都会变得苍白。

走不出你的影子。你的影子始终牵着我羸弱的神经，也带走我久久不灭的情怀。捡起曾经的记忆，那飘零的记忆，是奔放的情怀，是甜蜜的牵挂。心存的幸福，也是意味悠长的涛声。

苦苦寻觅你的影子。笔端流淌的呻吟，注定又是南柯一梦。我却依然坚守，不离不弃。

即便是曾经的炽热不再，即便是昔日的暗伤难平。拥抱思念，也是一种洒脱。你睡醒了吗？醒了，就来找我。

遥望故乡

1

心绪飞扬的每一个瞬间，回眸中都是对故乡不绝的缠绵。故乡的诱惑，都在心中的呢喃里盘旋广袤大地。

给我一个仰望你的理由，哪怕是相拥苍白的谎言，思念也会将晶莹的泪收入囊中，让它汇聚成动情的水，点缀我的律动，亲吻你的脸颊。然后，让微笑驱赶疲惫的心神。

故乡的记忆，是一曲流淌的乐章，是一首读不完的诗。一次次憔悴的感言，都是旅途翘首相望的风景。

怀揣一把故乡的泥土，流走岁月的漂泊，不再是难以释怀的沧桑。一切心存的忐忑，也会栖息温情的港湾，让你感受最质朴的温柔。

我不是故乡最后的守望者，故乡朦朦胧胧的风物，都是抹不去的记忆。

2

遥望故乡，故乡啊，你可知道一个游子对你的牵挂？

遥望故乡，故乡啊，你可知道一个旅人对你的思念？

遥望故乡，故乡啊，你可知道一个过客对你的追逐？

故乡啊，无数个迷茫的夜，你犹如一盏明灯，无时无刻不为迷失航向的游子指引着前行的方向。每一次遭遇的劫难，都是因为有你的牵挂，我才安然回归。

苍茫的旅途，一丝一缕的乡愁，将游子风花雪月的陈年旧事，抛向异乡黑暗的角落。

故乡啊，躺在你的怀抱，品味你浓浓的温馨。不知你，是否还会接纳我不变的追求。

故乡啊，触摸你的脊梁，忘情品读你抛撒的唏嘘。不知你，是否还会让我躺在热乎乎的炕头。

泪珠，是九曲回肠的梦。时光，是千年打磨的恋人。

一次次与故乡遥遥相望。希望的田野上，留下的是游子对您款款的情。

3

狠狠拉下夜的帷帐，不想让满怀的心思，沾满沉甸甸的泪花。

故乡啊，你满脸的皱纹，写下的到底是沧桑，还是缠绵？面对你的颜容，漂泊的游子无话可说。

读不懂你的呢喃，读不懂你的眼神。古朴宁静蕴含的娟秀，如同迷人的气息，将所有喧嚣抛向深深的湖底，让我感受的都是缠绵的乡情，都是幽幽的暗恋。

透过重重迷雾，家园的灯是母亲融融的温暖，是父亲如炬的目光。无论如何行走，那一束光始终照亮前行的路。直到永远。

心结

1

穿越黑暗的翅膀，将夜的曼妙轻柔打开。那样静美、柔情、甜蜜，如畅游诗卷般舒坦。

小心翼翼，生怕风卷的沙尘迷住双眸。守望明月，明月如镜。镜中有你的思想，也有我的影子。拨开尘封的记忆，阵阵激荡的涟漪，不是破碎，不是幽咽，而是温存的坦然。

风蚀的年轮，摆渡生命的记忆。被信仰紧捂的浮躁，不再是漫舞的沙尘。不动声色，喧嚣亦渐行渐远。

俯下身，捡起片片纷飞的红叶，红叶倾诉的思念是超越时空的亲昵。

焦灼带走了恐惧，心中腾跃的爱恨情仇，美妙而充满醉意。被岁月雕琢的灵魂，一定是冲破黑暗的种子。

2

孤帆的哭泣，重叠在浪涛的峰巅。你远行的痕迹，并不是被春潮剥去的羞涩。每一次跳跃的姿态，镶嵌的都是生命的欢笑。

远方山峦充满的诱惑，被藤蔓缠绕的身躯，背负的不是幽怨，不是背叛灵魂的枷锁。镶嵌的泪痕是苦难堆积的切肤之痛。

静静聆听幽静里喷涌的春华秋实，林间碾压的是血脉喷涌的激情。相拥炽热，大山连绵不绝的斑斓，早已穿越孤独与黑暗。满身的痛，秉承的是倔强。

远古的楼兰，到处是高深莫测的光环。你要按捺不住寂寞，就迈开激情的脚步，高仰你的头颅，让疯狂与痴迷一起律动。然后再来惊天一跃。

站在雨中，风中，千万别犯傻。剑锋所指的方向，穿透的不一定就是暖春。隐隐的痛，或许就是你多愁善感的游弋。挥袖独舞，浑浊的繁华，打磨的是被喧嚣侵蚀的茧。却不会堕落。

3

我不想赌咒，一片片破碎的思想，与信仰无关。

我不想赌咒，一次次喷涌的激情，与操守无关。

注视万千风物，触手可及的欢乐，却又总是遥不可及。不要卑躬屈膝，不要背负沉重，不要落荒而逃，被恐惧包围的冷峻，都是烈焰焚烧的时空。

滚滚红尘，不是多雨的季节。岁月打捞起的每一朵浪花，都是前世的回忆。回忆的画面里，有你，有我。

一翻云，一覆雨。走过的煎熬，肯定不是苍茫的记忆。收敛你的目光，深陷记忆心弦的姿态是雨露凝聚的呼吸。

静下心，过往的经历是生命澎湃的波涛，是岁月碾压的风暴。你、我，一起随澎湃启程。

乡愁

1

动人的天籁，是你风情的摇曳。

苍宇的呐喊，是你深情的惦念。

怀揣苦苦的乡愁，世俗摧残的灵魂，被连绵不绝的浪涛淹没。

伫立冰冷的夜空，所有喧嚣连同咆哮的冷嘲热讽，都在沾满污浊的空间里随风起伏。

孤单的心语，无法穿越千山万水。留在心田的，是令人添堵的孤帆远影。

2

尴尬的邂逅，不知是缘分，还是巧合。

遥寄的信笺，寄出去就再也没有回音。苦苦地等待，天空中依然没有你的影子。

把相思的泪花收敛，深藏内心的澎湃，咀嚼地是说也说不清道也道不明的惆怅。

将所有幻觉，定格成萌动。丝丝飞舞的鸟语花香，见证的是沧桑，还是翻涌的思潮？

静默里，你的影子，尾随夜空游弋的渔火，拥抱心中的帆，点缀隐者的伤怀。

相拥无眠。诗意栖息的港湾，注定不会平静。所有骚动，一定会将你围困。

3

田野的烈风，舞动的是飘忽的思绪。

田野的泥土，播撒的是希望的种子。

田野的迷雾，掩藏的是满腔的希望。

爬满心胸的藤蔓，是栖息的宁静，还是情感的躁动？打开灵魂之窗，你的尘影，你的无眠，都在记忆的碎片里，弥漫整个夜空。

家园上盘旋的静美，暗香浮动。不安地触摸夜的温度，生命的旅途，是宁静的守望。

怀揣如梭的风尘，灵魂穿越的爱恨情仇，是生机蓬勃的舞蹈。

将无端的诱惑抛弃，将岁月的隐晦定格。心田涟漪荡起的喜怒哀乐，是曲折抚摸的情怀，是曲折抚摸的沧桑。

山崮上那一道道伤痕，是时光演绎的悲壮，是时光棒打的刚烈，是灵魂呐喊的激情，是烈风舞动的情怀。倾听絮语，民谣打开的是心扉的门。

微笑着走进山野，把满腔的心思交付山峦，粗犷收敛的一定是律动的壮美。

西湖感怀

1

轻轻走进你的怀抱，不敢心存奢望，只想撑一把伞，遮住你的羞涩。

轻轻走进你的怀抱，不敢从容地放眼拾趣，只敢透过人群的缝隙，悄然品味你的情愫。

穿越嘈杂的人群，断桥的左边是白衣的你，右边是青衫的我。你嫣然妩媚，我风情万种。

难道这是命定的赴约？假如没有白娘子、许仙等待千年的歌，等待千年的情，就不会演绎轰轰烈烈的恋。

千年的传说，翻腾在深深的湖底，荡漾在高高的浪尖。你的凄婉，我的跋涉，显然都不是妩媚。浸泡在湖底的倾诉，才是湛蓝的天空。

淡妆的西湖，你睡了吗？浅浅的微笑里，我知道你心存的祈祷。

爱恨情仇，刀光剑影。被一并沉于湖底，喧嚣早已不再。

2

雷峰塔。到底是一座塔，还是一把伞？

如果是塔，为何要将活生生的生命镇在塔底，让凄婉的爱情不再复生。

如果是伞，为何遮挡的不是湿漉漉的雨季，任由狂风暴雨水漫金山？

晨钟暮鼓，守望的是千年哭泣的缠绵。

木鱼声声，倾诉的是千年不绝的承诺。

塔倒了，灵魂还在。伞破了，经络依然。你映在湖里，我千声万声地呼唤，沉在湖底的痛，依旧悲情。

何为佳人？何为才子？站在雷峰塔顶，我唏嘘不已。

如果断肠人真的能与我相依，我一定会将思念变成一面迎风飞舞的旗，兑现挥之不去的承诺。哪怕是有法海等鱼鳖海怪纠缠不休，我都会无悔地追逐。

轻弹琵琶，迎风而舞。挥之不去的总是款款的相思。面对煎熬，不如痛饮一杯千年的烈酒，让身躯一并沉入湖底。

湖底，有你，有我。

读水的灵魂，读水的境界。一道灵光闪现，结束了不解的谜团。水至清则无鱼，人至察则无徒。记住了吗？

3

长堤卧波，杨柳夹岸。如此美妙的春潮，弹奏的《大江东去》，无疑是激荡的心潮。

大漠孤烟，曲高和寡。穿越千年的孤愤，吟咏的《满江红》，无疑是千年的绝唱。

何为思想？何为视线？苏堤的一草一木，一笑一念，都是无法穿透的呜咽。那跪拜的雕像，不知是忏悔，还是叹息。

一行行被飓风撕裂的诗句，在湖面激起阵阵扩散的涟漪。

一声声被浪涛击打的音符，在浪尖找不到栖息的港湾。

远方的山，充满灵空。满湖的水，充满禅意。游舟承载的是湖面的春色，笑脸张贴的是湿透的记忆。看得见，却读不懂。

抚摸你窈窕曲折的腰肢，渴望在你的怀抱栖息。然后不醉不归。皓月当空，水天相映。因为有你，所有的煎熬，都显得苍白无力。

屏住呼吸，我拥抱的是爱意浓浓的心结。

无言的悲怆

以傲视群雄的姿态，从一座山峰走上另一座山峰，那君临天下的足迹，孤傲里蕴含的是或深或浅的信念。

以万户飞天的倔强，从无尽的荒漠深处飞向诗意缠绕的苍宇，那"欲上青天揽明月"的冲动，孤傲里演绎的是或刚烈或踌躇的追求。

无论是遭受非议还是遭受恶意的攻击，我的目光都不会收敛，信念都不会动摇。因为灵魂的私语，早已将迂腐的流言击成了碎片。

你信吗？你若不信，那就打开紧闭的窗户，外面精彩的世界，早已将你的卑鄙你的无知重重抛向雾霾的天际。

目光不会游走，信念不会动摇。你在卑鄙里垂下的是眼帘，我在激情里品味的是甘甜。

一生一世，一山一水。

缔造的满眼风物，不一定都是大道。有暗礁、有激流、有险滩，更有让你无法躲避的万丈深渊。

站在秋的原野，深邃目光收拢的是万马奔涌的意境。温情的絮语，洗刷的是污浊，沐浴的是快乐。即便双眼被污浊的流言击伤，我也不会躲在一隅。

你仔细地聆听——"卑鄙是卑鄙者的通行证，高尚是高尚者的墓志铭。"天边，隐隐传来北岛的《回答》。

因此，我也不想将有缘变成无分。

虽然你也算是才子佳人。可你不要总是出言不逊。

收敛起内心的狂妄，收敛起语言的不逊。别总以为你总是智者，一旦自负超越了界限，虚伪的面具就会自然而然地脱落。

默默地看着你，我的泪哗哗地流。

望春

1

从梦呓中醒来。又是清晨。

晨曦刺穿窗帘的柔光，瞬间让满屋子的气息充满无限柔情爱意，窗外孩童喧闹的温情是惬意的浪漫。

披上衣衫，站在窗前望着。心头涌现的情感，瞬间在屋子曼舞。

身后的小花猫肆无忌惮在屋子里乱跑，小狗破门而入的鲁莽，总给人一种异乎寻常的温馨。

窗檐上，小鸟的窥视，似乎有些好笑。倒也无可厚非。屋子的主人，也在欢愉地望着它的姿态。

缄默里，大地升腾的是隐隐作响的天籁之音。

2

面对衣镜，不敢直视苍老的容颜。额头上布满道道沟壑般的皱纹，叙说的是怎样的年轮？

捂着脸颊，不敢再想。哗哗的流水，漫过了浴盆，浸泡了屋子，却全然不知。

屋子的灯突然灭了。黑暗里，我在大声呼喊，用尽力气呼吸。唯恐倒在黑暗里不能起来，让肆意妄为的尘埃趁机侵袭我的身心。

难道这是灾难。应该不是。步步紧逼的黑暗，是暂时的。只要大胆伸开双手，指缝间流淌的一定是爱意浓浓的甜蜜。而不是汩汩的泪。

3

流失的时光，是精神的家园。

漂移的思潮，是追逐的天空。

眺望远方，情感的堕落，是无法拒绝的妖艳。撕开胸膛，血脉浸透的深邃，是疼痛，不是煎熬。

家的味道是什么？记忆深处，家的味道是贪婪的温馨，是思想灵动的漫步。

追逐一波又一波远去的身影，隔世的唏嘘，是宽广的胸襟，是豁达的情怀。你不要不信。

夜色冷吗？夜很冷，也很静。斑驳，是书桌上跳跃的诗句。

坚守你的信念，罪恶就不会恣意蔓延。波光粼粼的湖面，跳跃的是谁也不再怨恨的浪花。

4

月儿还在沉睡，是谁把我的睡梦惊醒。

睁开睡意蒙胧的双眼，脑海舞动的是灵魂的呜咽。

沉重，是心灵的窒息。踢不动的石头，是忧伤里最美丽的风景。

也不知，湖畔飘舞的脂香，涂抹着对谁的伤情？那忧伤，那眷恋，那厮守，难道是在固执地坚持？春江花月夜。所有言语都显得空洞。

一袭花香浮动，划破沉寂，是风雨雷电淬炼的风景。你为谁而生？被情感撼动的心潮，难道会是沉睡千年的碧玉？

夜醒了。急速划过天际的流星，是我躁动不安的心跳。

手捧一缕月光

1

静坐高高的山巅，手捧一缕月光想你。皎洁的月光，如同缠绕的心思。

轻柔的风吹过，似乎是你的呼唤。我不敢回头，唯恐你炽热的眼神，灼伤我的心扉。你听到了吗？山旮后那阵阵的呢喃。你读懂了吗？华亭下声声的私语。面对如此情状，我赶忙起身逃跑。唯恐不经意的举动，将浪漫的气氛打破。要是这样，我就是一个罪人。

悄悄离开，两个人的世界，结局会是什么？是如晶莹冰凌花般瞬间绽放，还是如带血玫瑰般永恒？

融入夜的思潮，既然你想抵达我的心海，那就来吧！我不会拒绝，更不会嫌弃。每一次的花开花落，填满胸腔的都是收获的种子。

手捧一缕月光想你。你还好吗？累了你就休息，千万别为追逐所谓纯粹的爱情，丢失原本的自我。

要是那样，一点也不值得。因为纯粹的爱情，最终都是深陷牢狱般的苍白。

2

不想去睡。或许你睡了。不知你的梦乡，是否还有我的影子。

属于你我的空间，尽管狭小，但毕竟曾经拥有。你不要在睡梦中想我，只要你梦中带着微笑，我的心就会感到温暖。

幽深庭院的门，我不敢掀开。因为思想的灵光告诉我，千万别做傻事，那扇冰冷的门，一旦掀开，记忆深处的永恒必将不复存在。甜蜜的梦就会破碎。

陷入久远地沉思，泪如泉涌。黑暗笼罩的心扉，无法将强烈的思潮淹没。读你，品你，心扉泛起的阵阵涟漪，定格成最美丽的色彩。与你相拥。

你的幸福，我的感动。我的快乐，你的温存。只要彼此心有灵犀，不变的信念就会照亮黑暗的每一个角落。黑暗里，我闻到了幸福的味道。

躺在夜的怀抱，我不会拒绝你的风情，哪怕你是强装的欢愉，我都会微笑面对，都会给你送去最炽热的情。

你在想什么？千万不要胡思乱想。用心聆听，每一个生命的存在，都是唯美。

只要岁月不老，心就不会死亡。你听，那温情的断弦之音，不也是一种和谐的美吗？

3

数着天空的星星，不知是何种心烦的事撞击心海。数着星星，想的却是你的影子。

苦思冥想，百思不得其解。为何总是读不懂你的眼神。你眼神的炽热，你勾魂的风情，到底是给谁看的。模糊的视线里，我的眼前不再是一片纯美。

好想把你写在诗里，飘逸的感觉总是找也找不到。追求的静美，如同过眼云烟，随风飘零。

昔日的青春不再，残留的记忆，在无人的街口，飘向四面八方。然后消失得无影无踪，没有片刻存留。难道你还敢说你的刚毅。刚毅，早已成为别人的笑谈。

黑暗里，不知你的心是否还在战栗。空气中重复的失落与错乱，斑驳与恐惧，早将心存的战栗变成新的感伤。

收拢你的愁容，敞开你的胸怀，泪痕划过的每一个季节，都是相思的日子。不管岁月如何度过，人生都不会蹉跎。

    静静地，将一切甜蜜的记忆定格。等你睡了，我会手捧一缕月光，静静地守望甜蜜。

诗意陕北

1

隆起的、沉陷的，万千峰林与沟壑，如同父亲皱着的眉头，穿越亘古的时空，燃烧大地的激情。

金黄色的、银白色的，千万里浩瀚的沙漠，如同母亲宽厚的胸膛，延续生命的不绝。

电闪雷鸣过后，你每一次的刚烈，都会在父亲额头留下累累伤痕。穿越寂寥的总是无法宁静的颤音。读不懂，就将沉思的大门紧闭。

悠长的暮色里，与雄鹰对话，昔日的孤单不再是肆意纷飞的痛。

穿越岁月的栅栏，苦难与苍茫，快乐与欢愉，煎熬与惆怅，都会在母亲满腔的温情里，让你我聆听新的絮语。

你听，笔直的峰林上空，古风传递的史诗般的话语，都是凝重的版画。

掀开年轮的华章，大山流血的岁月不再，广漠万马嘶鸣的厮杀不再。犹存的唯有睿智者沉淀的思想灵光。

想到这里，凝重的并不是历史。而是新的追逐。

2

推着吱吱呀呀的石磨，泪不由自主地往下掉。

磨盘间碎落的是碾碎的谷子吗？应该不是。碎落的是高原人豪爽的笑声，不屈的脊梁，沉甸甸的思想。

贫瘠算不了什么。只要破旧的窑洞下有一缸陈年的米酒，再多的苦难都是枉然。累了，就喝上一杯美酒，陕北的汉子依旧刚烈，依旧威猛无比。

拉磨的老驴瞪大眼睛，偷闲的脚步尽管漫过了无数堆积的岁月，却始终读不懂男人们为何疯狂地奔跑。

一堆人围着窑洞里熊熊燃烧的炉火，是谈笑风生议论乡间的风花雪月，还是运筹帷幄指点江山。二者兼之。未曾走出山门，谈笑间，江山却早已入怀。

黄河号子激唱着古老的歌谣，与咆哮的河流一道，如同战斗的旗帜，点燃整座大山。永恒，构成了一座经典的丰碑。

美好的愿望，还会遥远吗？应该不会。矗立心头的那座经典宝塔，一定会巍然耸立。

3

延河激荡的浪花，孕育不灭的信念，点缀万千的豪情。古老的高原被她缠绕着尽显风流。展现的情怀，张扬民族固有的秉性。

也不知，那奔腾不息的神韵，是民族的铿锵，还是民众的呐喊？不灭的信念，如同大写的诗意，跳跃在浪尖上，奔涌着前行。斑驳不再是指点江山的序言。

枣园的灯光依旧。细细品味，灯光里闪烁的是生命的意象，是抗争的火光，是智慧的思想。无须多言，沉默，也会绽放璀璨烈焰。

过去的记忆依旧。血和泪交织的悲壮，耕耘的是一个个春夏秋冬的预言。你还有话说吗？

无话可说。那就将澎湃的思潮收拢，听上一曲感天动地的歌谣。然后，奔赴新的旅程。让燎原之火，点燃追梦。

日记扉页（外一首）

　　将珍藏的心扉，收拢书桌一隅。每一页含情脉脉的期待，记载的都是日日夜夜缠绵不绝的爱。

　　信手掀开记忆的一角，或是任性，或是矫情，或是贴心，或是刚烈，或是温存，都会在洒满月光的床前，盘旋成多情的种子。

　　静静躺在床上，不敢发出一丝一毫声响。天籁之音犹如悠长的呢喃，透过紧闭的窗棂。

　　何为缘分，何为奇遇？烛光下老屋收藏的故事，都是暖春里你知我知的心结。你要记住，你要是拥有一份虔诚的牵挂，我就会有一生一世的守候。

　　风摆翠竹，雨打浮萍。约好的邂逅，你千万不要忘了。抛开那些泪尽肠断的往事，我不来，你都不会老去。

相思

　　坐在河边，你在倾诉满腹相思。飘零的落叶，相约潺潺流水，守望我的寂寥。

　　在水中搜来一轮月亮，隐藏大自然的唯美，一头系在天上，一头扎在水中。

　　别太任性。即便远走他乡，泅渡河水的幽兰，也会散发出近似乡音的甜蜜。

　　星的清辉，抚慰无家可归的灵魂。你的泪水，与冰冷的河水一起追梦。逝去的岁月，闪烁的不是流星般的华丽，闪烁的一定是信念的光芒。

　　别在黑暗中哭泣，别在黑暗中痛苦。信守生命的承诺，才是人生的境界。

倚窗相思，选择沉默也是意境。醉心走进围城，彼此的感言，是缄默的甜蜜。

奔跑的脚步依旧。捡起黄昏的霞光，梦里梦外的痕迹，都是被劲风吹散的浪漫。

将所有的心酸往事，一股脑抛向湖水深处。撒落湖面的文字，不再是冲动的承诺。

有你，生命之花就会盛开。

秋（外二首）

　　季节更迭，又到深秋。触摸秋天的故事，红红火火的喧闹，把大地的宁静，演绎成深不可测的激情，演绎成温馨无比的浪漫。

　　那多姿多彩的花朵，红的、紫的、粉的，都在妖娆地舞动腰肢。那红彤彤的苹果，张开笑脸雪白雪白的棉花，沉甸甸压弯了腰的玉米，即便是唯美的诗人，也会受到震撼。然后一言不发。

　　听懂了吗？迎风摇曳的花朵，似乎就是猎猎飞舞的旗帜，将你所有不快的心思连同幽咽，一并挥向燃烧的激情。然后将人们所有的沮丧，抛向大山深处。

　　读懂了吗？那挂满枝头的果实，都是沉甸甸的承诺。人们心存的或是隐晦，或是苦涩的气息，都会掩藏在沉甸甸的果实里，孕育无穷无尽的活力。然后将所有悲伤暗藏心底，最终抛向浩瀚的苍宇。

　　品味秋天的故事，你懂了吗？那沉醉的激情，那圣洁的浪漫。拥抱一片片充满欲望的土地，所有缠绵都会在秋的脚下，诞生新的爱意。

　　亲吻秋的景致，大地的脸颊，很美也很柔情。

风声

　　苦难的诗人，写出的诗句，每一句都犹如西伯利亚的寒风，把人们的心刺得生痛。

　　诗人肯定不会明白，仅仅是信手拈来的只言片语，只要在天空飘荡，闪现的都是奇异的灵光。

　　喝一壶老酒，混沌、苦难、焦灼的记忆，不再是灰暗压抑的冷色调。游离思想深处的尘埃，裹挟的都是深邃。

　　诗人吟诵的不是诗。是行走的思想，是新鲜的呼吸，是战斗的旗帜。

诗歌飘荡的地方，容纳的是延伸的生命。

多变的风语，多变的心思，溢出的没有眼泪，没有苦涩。溢出的是人们华丽转身留下的碎片。

捡起一片片落叶，精美的诗句，风尘的啸音，将大地所有馈赠，研磨成新的血液。流淌进你我的躯体，容纳不同的煎熬。

没有索取，没有给予。唯有信念，点缀回家的路。

心结

岁月打磨的不是梦想，不是信念，更不是梦中的泪痕。打磨的是游子登高远眺无法穿透千山万水的意韵悠长。

如何容纳异乡的风景？行走他乡，漂泊的景致在清风追逐的泪痕里挤压异乡客的灵魂。连绵的沙漠，飘飞的云彩，传递的都是清脆的乡音。

掀开夜的帷帐，弥漫的冷空气根本无法阻挡漂泊者深邃的思想。飘向天空的必定是脱颖而出的新的思维新的安然。

在漆黑的夜入睡，与书为伴。听到的是大山深处静谧的呼唤，是故乡河流的咆哮。忘却了吗？应该不会。

默默守候，每一次幽怨的背后，记载的都是无法说出的痛。手捧一本记载伤感的日记，珍藏了许久的红叶，是否还能勾起你颤抖的心弦。

将一切欲望淹没。回荡心弦的所有语言，浸泡的都是岁月无法淹没的记忆。偶尔掀开一页，疯长的都是苦难。

欲望之火，早已不再。叠加的杂乱无章地感怀，早早滑落黑暗的角落，一步一步丈量生活的艰辛。

滚落被窝的是饥饿，是孤寂，是劳累，是说不清道不完地欢愉。

焦灼早已不再。一切发酵的淫威，都是过眼云烟。被记忆珍藏的必定不是漏风的挽歌。

敲响紧闭的门

1

夜的喧闹，悄然窜进思绪的长廊，将紧闭的心门打开。不可触摸的网，如同夜的帷帐，令所有智者的目光收敛。敞开的网，似乎陷阱重重。

试图挣脱束缚。网却如同沉重的枷锁，瞬间困住试图走出门的你我。

房间的灯，散发微弱的光，万千的思潮总被紧扣的网锁着。总想张开搏击的翅膀翱翔。网却根本不给机会。留给人们的唯有难以释放的纷乱思绪。

朦朦胧胧，生命注定要背负的行囊，在月的隐忧下抛向远方。丢弃的行囊，远行难道不再需要。

夜的帷帐，无法穿透夜色中的你我。伸出手，触摸不到底。敞开怀，亲近不到胸。梦中总有丝丝暖暖的温情缠绕。

沉默里，似乎所有的人都心甘情愿深陷深沉的夜。不愿醒来。

2

不知何为寂寥，何为温情？既然你已敞开了胸怀，我就索性躺在你的怀抱，品味你无法拒绝的清纯，抚摸你高高隆起的山峦。

躺在你的怀抱，口含一杯温情的酒，蜡梅迎风傲雪的姿态，也不过如此。我不想睡，只想整日整夜地凝视你的风骨。哪怕灵魂早已死亡，血都不会凝固。

躺在你的怀抱，不知何为沃土，何为落叶归根。伸出一双大手，遮挡所有清辉，喧嚣早已不再。

躺在你的怀抱，穿墙而过的风声，传递的是刀光剑影般地厮杀，而不是梦乡甜蜜的温存。

久违的梦碎了。叹息，梦凝结成新的誓言。

3

品味夜的安静，看得见的是风景，看不见的是风情。只要心不被冰冷的雨水浸泡，触手可及的风景就不会太差。无眠也会以临渊的姿态，永远挺立。

轻轻哼上一曲激情四溢的信天游，尽管歌的余音未了，暖风早已将无眠的思潮吹至广漠。胡杨挺立的姿态，如同哨兵，守望你我的甜梦。

借着月光，忘情注视身后的影子。影子虽然没有了灵魂，却有着我的执着。注视月的皎洁，内心不敢存有一丝欲望，更多的是难以言表的羞愧。

行走梦幻般的天际，敞开的门犹如森严的城堡，锁住了追逐，却锁不住激动不已的心。

不知道，这是哪个季节。

千金塔下的沉思（外一首）

千金塔位于陕西合阳县城东南天合园内，系明万历三十七年（公元1609年）县城槐里人为补合阳文脉捐银千两而建，故名"千金塔"。千金塔为叠涩密檐式八角形空心砖塔，塔顶长一柏树，高三米有余，根扎砖缝之间，亦是一大奇景。因地理原因塔倾斜，可与比萨斜塔媲美。

——题记

城东的塔，一站就是数百年，屹立不倒。每层塔角悬挂的风铃，弹奏的唯美音符，无不将千年的沧桑包容。

仰视塔的璀璨，它是一部百年的史诗。打开这部史诗，也不知多少人世冷暖，多少雕饰情怀，都在奔腾不息的历史长河，演绎婀娜多姿的风采。

寻觅塔的虔诚，它是一部续写了百年的巨著。打开这部巨著，巨著随意挥洒的笔墨，浑然一身的典雅，记载的都是岁月飘逸的春晖，大地涌动的璀璨。

触摸塔的脊梁，它犹如一柄笔直的剑。紧握这柄利剑，利剑直插云霄的铮亮，无论是风中，还是雨中，都令所有仰慕者赞叹不已。尽管经历风雨洗礼，尽管残缺了，却依然完美。丝毫没有掩饰张扬的个性。

品味塔的风韵，它好比一个怀春的女子。亲近这位女子，她毫不掩饰的质朴，毫不掩饰的羞涩，连同心弦弹奏的典雅曲调，都是情怀浸润的大气。

天地相连。挺立的塔，又犹如一枚天上掉下来镶嵌在大地上的钉子，既有高度，又有深度。它孕育的浩瀚，无论是何种情怀，傲视群雄的姿态，不曾被玷污分毫。

登上塔顶，聆听历史的回响，不知塔上的墙砖，到底浸泡了多少世事沧桑，演绎了多少不老故事。

塔，是有生命的。如果没有生命，它倾斜的身躯就会倒下，成为一堆人们不曾留下记忆的瓦砾，封尘满面。如果没有生命，塔顶砖缝间扎根的古柏就会死亡，成为一棵枯萎的死树。生命不再。

塔，是有智慧的。如果没有智慧，它就不会归心收禅，与钟为友，洞明人世冷暖。如果没有智慧，它就不会与柏为伴，吸大地精华，采寰宇灵气，包容人间智慧。

遥望远方，缠绕古塔流淌的河，犹如一条玉带，每天都会随风将塔的一切不快带走。然后，沉淀滚滚东流的大海。

沉醉古塔镶嵌的景致，匆匆流失的岁月，掩盖不住历史的冷峻。留给后来者的是久久回味的生命之光。

兵马俑

数千年的战火，连绵不绝从地上一直烧到地下。从来都没有停止过。

掀开所有封尘，刀枪、剑戟、斧钺浸润的血腥，都是暗无天日的心痛。

也不知是谁赋予你的倔强。无论是站着、跪着，还是卧着。每一种姿态，都是冲锋的勇士。

地上的金戈铁马、万千厮杀，虽然早已不再。漆黑的地下，你却依旧无怨无悔地坚守。

威武的军阵，撕裂的战马，刚毅的目光，都是战斗的号角。永不退却。

或许是你不想再无止无休地沉默，才让一位睿智的老人，掀开裹挟在泥土里的风霜。你显露的尊荣，不知是痛苦，还是快乐；是忧伤，还是对人类新的宣战。

遥望骊山烽火台的厚重，每一处山头，都是活着的雕像，都是你春风得意的写照。

虽然沉睡了千年，你从不含羞。昔日的战争不会再死灰复燃。与你相拥的，唯有蓄势待发的刚烈。

寂寞中等待，等待中沉寂。你深度再现的绝不是战争的残酷，绝不是数千年文明的伤疤。

猜不透你的深邃。唯有秦砖汉瓦记载的兴衰荣辱，彰显你的风韵。

于是，所有记忆，都化作滚滚不息的浪涛。绵延不绝。

抛开世俗的意境

1

撇下满腔柔情，义无反顾地起航。无际的黑暗，挡不住深情的问候。每一寸土地，披风沥雨的都不是清寒。

深深浅浅的脚印，是留恋，是回味。只言片语，倾诉的都不是痛。那山那水，尽管不够风情，骨子里呈现的都是坚韧。即便满腔伤痕，灵魂闪烁的都是美丽。

眺望巍峨的大山，没有理由让不快锁住憧憬，没有理由让傲慢阻挡通途。飘逸中前行，沼泽与荒漠，都不是无法跨越的距离。

无惧风雨，无惧艰难。只要倔强前行，每一个蹒跚的足印，放飞的都是生命的灵光。睿智尽管一次次被旋涡击倒，披满荆棘的旅途，目光却依然坚定。

不要拒绝生命的磨难。花开花落的季节，不会是一闪而过的昙花。四季的轮回，都是挡不住的暖春。

2

提起故乡，那是沉重的话题。刺破大山的清辉，就是母亲的微笑。

故乡的故事并不遥远。笔尖上流淌的心语，都是对故乡的守候。不离不弃，意象万千。

一弯残月，一番心思。把一切的世俗放下，渗透的精美，是点石成金的璀璨。

电闪雷鸣，风雨霜雪。只要生命的烈焰不灭，故乡的血性就会犹存。别的都无法取代。

测量不出故乡的距离，生命折射的奇思妙想，总会在故乡飘飞的云彩里驱赶伤痛。

伸出手，握住悬浮的思想。对故乡的惦念，在浓浓的眉宇间绽放出最质朴的恋。

3

滚滚红尘的舞步，羞羞答答在天际飞舞。飞舞的色彩，是毫无遮掩的血性。

望着王者的姿态，我别无所求。只好收敛空灵的意念，不让你的色彩坠落，不让我的祈祷搁浅。

坠落是疼痛的，残缺的美是孤独的。那就忘却沉重，不要大声呻吟。绽放于心的信仰，你一定不要拒绝。

捧着冰冷的烈焰，被卑鄙打磨的灵魂硬度依然。不要说寂寞，不要说孤独。你也懂得何为忧伤，何为无耻。

拿出勇气，让温情的心冷却，口蜜腹剑小人所演的小调，只不过是为你疗伤的药方。疤痕在，棱角就在。

那条奔腾的河

1

奔腾的河，咆哮着、怒吼着，从高原一泻千里，浩荡不息。不分春夏秋冬，它滋润的每一寸土地，每一座山峦，每一棵树木，收获的都是惬意。

站在它的身旁，你不要嫉妒，更不要问它奔向何方，浪花掀起每一次壮阔的跳跃，炫耀的都是豪情。

喝上一掬清凉的河水，穿透肺腑的是浓浓的思念，是坠入心底的甜蜜。望着奔腾的河，水是风景，山是风景，你我也是风景。冰凌的倒影，只不过是春潮涌动的感叹。

峭壁上梅花绽放，寒冬的凛冽，并不是冰冷的色调。峭壁上舞动的点点飞红，是点缀河流的火焰，是鼓舞你我奋进的灯塔。

不要害怕激流，不要害怕险滩，激荡的旋涡不过是一厢情愿的示威。勇敢地跟着河流奔跑，千万不要回头。勇往直前才是既定的选择。

2

流淌的河，涛声震天，连绵不绝。害怕吗？你不要害怕，那奔流的河，是点缀云彩的镜子，是倾诉情怀的裙带。

沉默的历史，是千古的风流。冰冷的岁月，是永不磨灭的电闪雷鸣。每一个瞬间的停顿，不是随波逐流的性格，而是自由飞翔的姿态。

奔涌的河流，是蓬勃的血脉。旺盛的激情，即便是静若处子、坐怀不乱，燃烧的激情也会将你灼伤。然后让你失去应有的自信。

奔涌的河流，是笔直的脊梁。无论经受多大磨难，从不呻吟，从不回头。即便是躺着，骨子里蹦出的都是生命的怒吼。你若不信，就往河里扔上一块石头，击荡起的水花，都是铿锵的宣言。

3

涌动的冰凌，是河流最冷的季节。冰凌之下，鱼儿却在欢快地跳舞。

相拥赤裸的冰凌，我想到生命的不朽。惹人喜爱的冰凌花，尽管魅力无限，并不是不朽的画卷。来得快，消失得也快。这就是宿命。

河上的纤夫，怒吼着号子，一步一步艰难前行。将此刻定格，那是一组凝固的雕像，是一群感天动地的智者。用他们的智慧审视历史，历史的光辉耀眼夺目。用他们的刚烈正视生活，生活的欢乐激情万千。

好想坐一叶小舟，随你流淌的方向前行。即便闭上眼睛，我也会感受到你行走的足音。浪花欢快地从脸颊划过，捧回的都是温情缠绵的喜悦。你若想安逸，那就忘却一切烦恼乃至忧伤。然后置身温馨欢笑的浪花间，从从容容地把酒临风。

好想坐一叶小舟，躺在你温情的怀抱入睡。河面上到处漫延的情愫，阻挡了我飞翔的思绪。难道是我爱上了你？不用伤痛，只要根植于骨的信念依旧，春心就会依旧。

审视无数次的离别煎熬，回眸的都是生命的宽度。苍凉只不过是闲庭信步的一丝唏嘘。你要承认，九曲十八弯的每一次冲撞，你就掳去了我的心神。

苦苦高原

1

以倔强的姿态仰视浩瀚苍宇，双眸品味的成熟是坦荡的情怀，更是诗意般的赞叹。

躺在你的怀抱，感悟每一个瞬间的影像。你裸露的每一寸肌肤，尽管时刻遭受风吹雨打，阳光暴晒，连同人类无休无止的摧残。你却依然淡定自如。

站在你笔直的脊梁，将心存的爱恨情仇，抛向高原深处。高原回荡的激情，早已点燃我旷世的纯真。

高原是寂寞的，也是娇羞的。透过雄鹰飞翔的姿态，云彩奔腾辉映的高原，演绎的是由浩瀚叠加在一起的粗犷。

伫立高原的脊梁，迈不开步履。总想尽情狂奔，展现一次壮烈的追梦。梦犹在，人却未醒。

2

何为生命的高度，始终是缠绕于心的考量。经过千百年炼狱，尽管肉体早已化作泥土。对于高原的情怀，却在泥土里浸泡。

对于高原的惦念，包容在悲愤的呐喊中，包容在撕心裂肺的天地间。一声声沉重的叹息，一声声仰天的长啸，连同怅然若失的思绪，瞬间定格成一种永恒。

不敢触摸高原的玉带，不敢倾听高原的呓语。苦苦的高原啊，斑驳记忆里，神灵庇护的一定是你威武不屈的伟岸。

我是高原的情种，每一次迷人的飞吻，每一次腻人的缠绵，炫耀的都是相拥高原的炽热。

倾听高原的呢喃，高原叙说的是不舍的情愫，是漫长等待的表白，是飘荡欲望里的花香。

一颗心悬挂在高原，最斩不断的是对高原的情。苦苦的高原啊，只要河流奔涌不止，你的生命之树就会长青不老。

倾听自由的天歌，神灵托起的彩虹，浸润着璀璨之光。再次仰视高原，我注定难以入眠。

3

站在高原脚下，倾听到的是高原的哭泣。

站在高原背上，倾听到的是高原的欢笑。

总想把高原所有的记忆汇集成令人陶醉的影像，思绪穿梭的时空，却将凝重的高原，一刀一刀砍削成悲壮的雕塑。

高原怒吼的风，横扫叠嶂的群峰。

高原怒吼的风，吟唱旷世的伟岸。

天籁之音演绎一声声悠长连绵的呼唤，让高原冰冷的石头展现出震撼生命的足音。飞翔的群雁，撕裂般尖叫，传递荡气回肠的信息。高原深处的碰撞，闪烁的是深不可测智慧的光芒。

站在高原之巅，任由生命的思绪在峰巅涌动，任由灵魂的方舟在高原飞舞。缄默里，高原依然沧桑，依旧灿烂。

我的血，融入高原的山岩。

我的血，融入高原的河流。

不管是一百年，还是一万年，我的灵魂都会在高原自由自在地翱翔。

高原啊，即便是死了，我的躯体也会变成一块不朽的石头，苦苦守望你的风景。

记忆碎片

待在蜗居的小屋，喝一杯老酒，品一杯香茗，捧一本好书，每一个瞬间，浸透的都是被快乐点燃的云彩。

一路的风尘，将沉甸甸的记忆，沉甸甸的感怀，满满塞进胸腔。回望遥远的旅途，那些泛咸的乐趣，在朦朦胧胧的忧郁里点缀童心。渐行渐远。

遥远的、失去的、拥有的、珍藏的，一连串怀念，如同天际的星儿，若隐若现。既是精彩，也很无奈。孤寂里寻梦，煎熬里放歌。随手捡起一片云彩，都是温情的诗句。

窗外不知是精彩，还是隐晦；是无奈，还是快乐。只感到天际不经意的微笑，燃烧的都是美丽的烈焰。

忍受常人无法忍受的苦难，让美丽的遐想相约粉红色的唇镶嵌沧桑的日历。记忆的花朵，一瓣一瓣飘落幽香的小径。不管是不快还是失意，旅途，注定都是含羞的笑容。

苦与涩，犹如一本读不完的书，快乐里相约荣辱进退。

得与失，犹如一杯品不完的茶，清香里滋润酸甜苦辣。

退与进，犹如一樽喝不完的酒，浓烈里蕴藏春华秋实。

走进浪漫的雨季，身后诠释的风景，淋湿了身体打湿了心弦。雨伞遮挡的只是迷茫。

手握锋利的剑，谁与争锋。如烟的乡愁，在行囊里暗自哭泣。你若安好，便是晴天。

回眸那遥远的山

一座座山，因岁月的锤炼，面容清瘦。

一座座山，因时光的擦伤，影子憔悴。

站立山的峰顶，连绵不绝的群峰，是刻骨铭心的飞扬，是悠长记忆的缠绵。

山风的呼啸，是叩问，还是呼唤？仔细聆听，心弦涌动的每一次亲吻，都是欲望的影子。

聆听风的颤音，失去的年轮不再。被欲望占据的每一个角落，困住的都是思想的萌动。既然走不出围城，干吗非要碰得头破血流。

陶醉地吸吻，山峰下冉冉升腾的缕缕炊烟，纵横阡陌的田园交织的图腾，是桀骜不驯的野性，是稻浪起伏的温厚。

抬起脚，把山踩在脚下。山的灵动，敞开的是永恒。风的柔情，嬉闹的是温存。

给我一个不忘大山的理由。雄鹰高飞云霄撒满天际的肢体语言，是律动的亲切，是盘旋的甜美。

大山啊，把疯长的愁绪填入你的怀抱，心存的恋泛起的青涩早已不再。

坠落山谷的，唯有忘却的不快。抬起头，眼前的风景依旧姹紫嫣红。

何时不再流浪

1

走不出历史的高度。因为悲愤总是将激情的眼睛灼伤。

攀不上大山的峰顶，因为梦想总是被杀戮阻隔成恍惚。

山的脊梁，锁的是思想的经纬。血脉的喷薄，是登山者体验的味道。

敞开心扉恣意地欢歌，融入大山的意境，是心灵无私的颤音，夕阳拉长的影子，则是失去自由的行走。

点一堆篝火，燃烧的烈焰，不知能否将粉饰太平的丑陋融化。要是融化了，思想的光芒定会让愚昧与无知告别。要是融化不了，猎杀文明的斧钺，必将继续戕害智者的尊严。

不要过多地纠缠细节，既然一次次堕落无法回避，那就倾心地玩上一次心跳，看看丹田能否孕育出雄壮的呐喊。

不知何时告别流浪。空气散发的腐朽，早已淹没在繁花似锦的春里。卑鄙成了被遗弃的垃圾，再也不会疯长。

2

何为流浪？流浪是一次又一次煎熬的种子，一次又一次人生地炼狱。花开花落，轻盈脚步洒落的余香，是流浪者追逐的无悔。

蜡梅盛开，血红血红的花蕊，每一朵泄露的都是灵魂的愤怒，每一次绽放划破的都是温情。凋谢了，依然猩红。

渴望不再流浪，渴望从容坦然。纷杂击落的是理性的思维。清纯的渴望，不能从容散开。凋谢的花，穿透的是千年不曾改变的眷恋。

掀开日记，每一朵激起的浪花，荡起的都是心海的涟漪，深不可测。

凋谢的枯萎的心语长长短短，花开花落的声音，却不曾留下一丝一毫的印迹。

作为匆匆过客，岂能长袖独舞。只要有一把匕首从黑暗里挥舞，胸膛就会被刺得血肉模糊。你不要惧怕暴力，躺倒了，捡起的都是柔情。

或许，你经历的瞬间，都侵蚀着不该有的圆滑，连同势利。被雨露浇灌的信仰，定会在顽石上开花结果。

忘却孤寂，忘却沉重。大不了做一个盲人，在黑暗中耽搁一点时间，刺透黑暗的霞光，定会让所有无知背负耻辱。

回归吧！漂泊天涯的游子。

3

徒步荒漠，从起点走向终点。每一次轮回，相约的都是宿命。只要你的思想不被绝望占据，眼前呈现的就会是不一样的风景。

你疲惫吗？疲惫了就稍作休息，不要肆意任性。以免孤单的身躯，无力抗争四处充斥的风尘。

打开天门，阳光点缀的自由与温情，是你我彼此对亲人的感怀，是你我前世今生的爱恨情仇。哪怕信念被黑暗掏空，灵魂也不会堕落。

献上你的柔情，不要躲避黑暗。刻意地逃亡，只会让灰暗占据你的心神。

躺在荒漠让蒙尘的灵魂苏醒，晃动的快乐，肯定不是黑暗的帮凶。痛苦是暂时的冰。不离开，记忆就不会陷入苍白。

何为无言的苍茫，何为疯狂的掠夺？收拢纷杂的思绪，将定格的遗憾忘却。温情触角舒展的澎湃，一波又一波款款走进故乡的胸怀。

孤独的另一种形式

1

无法以智者的心态，包容一切不快。只能选择孤独，让智慧的灯，点燃寂寥的夜。

喧嚣连同无止无休的尖叫，将整个居所包围。悬浮脑海的总是那些不可理喻的，指桑骂槐的流言蜚语。

闭上眼睛，不想去想。塞上耳朵，不想去听。深受伤害的躯体，连同炙烤的灵魂，都变成一种伤痕。或刚烈或屈从。

不想深陷无端的争吵，不想做随波逐流的旅人。一次次无休无止的揣测，撕碎的不是衣衫，不是坚守。撕碎的是丑陋者刻意的伪装。如果你不信，闪闪烁烁的渔火，会将你的丑陋连同你的揣测沉淀、记忆。

何为剽悍，何为狂野。言语上的交锋，行为上的愚钝，都是失去理智的举动。躺在雪地的旅者，显得更有风度。

2

端着一杯苦苦的酒，摇摇晃晃穿梭灯光闪烁的街景，不知如何选择前行的路。

步履蹒跚，失忆的思想早已停滞不前。弥漫脑海的不是美酒飘香，而是无言的叹息。饮尽孤独，饮尽心灵深处残留的那一丝丝情感。而后，纵身跳入深深的河，让孤独的思念，写一首悲壮的诗。

总想固守寂寥的长夜，让思想酣畅淋漓地奔涌。

总想固守精神的家园，让情感铿铿威严地守望。

一次次背负的沉重，化作无奈的感怀，沉寂酸甜苦辣的夜空。抛开浮躁与无奈，睿智者享受的是阳光般的温暖，平庸者享受的是倍感煎熬的痛楚。

把孤独刻在沟壑道道的额头，震撼记忆心弦的是孤傲的凄美。凝视远方的河流，那是宁静致远的唯美。

喧嚣过后，疲惫的心不再疲惫。拒绝孤寂，便能享受生活的另一种境界。

3

渴望拥有一缕真诚的阳光。

渴望拥有一隅温情的圣土。

疲惫、缥缈、无奈、苍白。在灵魂深处，编织成一道打不开的心结。

泪水涟涟的夜，分不清孤独的方向，理不清孤独的缘由。望着群星遍布的苍宇，惆怅的心依旧感到甜蜜。

孤独是一种凄楚的美。面对凄楚，不知你如何感悟，如何品味。爱意悠长，也是孤独中享受的唯美。

书房的空间狭小，烟卷散发的烟雾弥漫整个屋子。不敢打开窗户，唯恐窗外的喧嚣玷污我的灵魂，腐蚀我的肌体。

思念远方牵挂的双眸，遥想痴迷不绝的呓语。升腾的相思掩盖了沧桑的苔痕。你的荣耀，我的铅华，款款融入绵绵的青山，在孤独中绽放血染的风采。

想到这，所有的痛楚不再。深沉的情感，与我一起相拥快乐。

触摸古镇

榆林市神木县高家堡古镇，始建于明代。古镇是神木县乃至整个陕北较为完整的一座城堡，历来都是边塞重镇，电视剧《平凡的世界》曾在此取景。

——题记

行走在青石板铺就的古街，叩响心扉，将古街裸露的沧桑惊醒。沧桑浸润的悠长，显露的是古街昔日繁华的涟漪。

随意掀开街心古店一扇扇厚重的门，门缝间吱吱呀呀的旋律，定会将你的思绪拉得很长很长。眼望斑驳八仙桌上蒙尘却又透着历史光辉的明清古瓷，你的思绪必将不再是昔日的平和，昔日的坦然。

站在中兴楼顶端，风铃吟唱不绝的声响，是古镇悠长的回味。环顾古镇的一切，眼帘收拢的是古镇未被战火焚烧的跌宕，是古镇未被野蛮戕害的荣耀。

倾心静听，一曲高亢的信天游，由远而近，由近至远。信天游倾诉的是沉甸甸的情怀，是盘旋古镇悠长的惦念，是叩响探幽者心扉幽怨的心曲。

古镇的左边，是一条奔腾的河。

古镇的右边，是一座威武的山。

古镇的上空，是一只只和平鸽守望的情。

坐在街心，喝上酒肆一杯浓烈的酒，品上茶馆一杯清香的茶，把酒临风的恣意狂舞，就是古镇原始的粗犷。你若不信，古街四周升腾的炊烟，足以证明古镇宁静下孕育的喧嚣。

疾走在岁月的烈风里，烈风吹走的是古镇无限的惆怅，播撒的是古镇永不磨灭的灵光。如果你还有灵魂，就不要闪烁其词。如果你还要表白，就去大胆地表露心曲。古镇定会将你的一切不快，包容在每一条石板的缝隙。然后，让你的思想慢慢流淌。

漫步古镇的胸腔，古镇燃烧的血性，灵魂的刚毅，都紧紧收拢在古街每一座欲飞的屋檐上。好想与古镇长久地厮守。古镇，你接纳我吗？

站在高高的山巅，俯视古镇的每一个角落，石崅遗址留给后人石破天惊的注解，才是古镇亘古而唯美的情调。

古镇，能穿越而过吗？岁月长河流淌的璀璨，注定无法穿越。

城墙

1

夕阳穿透城墙的缝隙，将秦砖汉瓦刺得冰冷。冰冷的色调，与燕雀的悲鸣构成古城上空雄浑苍凉的景象。

城墙外，护城河波光粼粼，水声依旧。谁曾知，与你相约的每一次回眸，记载的都是孤愤。

倾心地吸吻，那些被时光摧残被时光掩藏了千年的斑驳记忆，那些被岁月封存了千年的轮回，不知你的灵魂你的肉体连同你人格的尊严，是如何与千古的伤怀相融。

审视每一个世纪的经纬，触摸每一个世纪的呐喊，你所承载的都是尚未走远的血腥，连同撕裂。亲近你，思潮澎湃；感悟你，胸怀浩瀚。

灵魂在黑暗的角落挣扎，灵魂在无语的角落窒息，每一道石缝间流淌的铿锵，都是甜蜜的记忆，而不是失去风骨的叹息，失去风骨的威严。

捡起伤痕累累的记忆，秦砖汉瓦倾诉的到底是欢歌，还是叹息？

2

古老的城墙是倔强的。倔强得让人不敢触摸，不敢亲近。千百年前，它以厚重的身躯，捍卫着一代又一代将相王侯的威严。千百年后，它依然屹立不倒，每一个傲视现代文明的瞬间，苍老的风骨彰显的都是永恒。

伫立城墙的角落，远处箭楼上似乎暗藏着凶狠的射手，拼命向我狂施冷箭。面对一次次的暗算，我无法梳理疲惫的灵魂。因为城墙的威严，早已将我浮躁的思想吞噬。

遥想你曾经的盛世繁华，金戈铁马的践踏你始终未曾屈服。不变的是你用微笑接纳岁月变迁的风雨，接纳岁月沉淀的记忆。

古老的城墙，斑驳的青砖上雕刻着无尽的故事。每一个垛口，每一座箭楼，每一座吊桥，见证的都是后来者不曾经历的杀戮，不曾经历的温情，不曾经历过的诗意。

3

萋萋芳草，落叶残柳。也不知古墙淹没了几多激情几多怨恨。所有的迷茫困惑，都在护城河寂寥的流水里奔向远方。

城墙是一部大写的诗，虽然横卧沧桑，虽然遭受劫杀，巍峨不屈的姿态依然不倒。不倒的魂魄，足以证明它的威武。你瞧，一次次穿越历史时空的永恒，它舒展的都是不朽。

沿着弹孔穿过的画卷搜寻，随风招展的旌旗，都是硬朗。城墙下泥土掩埋的白骨，分明在哭泣，在呻吟，在暗自倾诉。

刀光剑影中感悟古城，城墙散发的刚烈，早已将闯入视野的夕阳，化作一曲曲动人的挽歌。

别被岁月闪弯了腰

1

情何以堪，不知是迎着阳光，还是迎着浪涛。每前行一步，隐忍的日子总是背负忧伤。

掀开四书五经，激扬文字剖析的人世经纬，如同飞翔的翅膀，点缀朗朗的天空。

沉浸历史的长卷，心灵律动的颤音，不是羸弱，不是哭泣，更不是沉重的感怀。而是欲飞的思潮。

漫步夜的帷帐，被风撕裂的天空，淹没了通往山外的路，被雾霾笼罩的大地，悲壮而伤怀。

星星点点的火把，照亮的是什么？舞动的流星，点亮的又是什么？是祈祷，还是惦念？

心灵的图腾，定会在蜿蜒的山路间，绽放圣洁的花。

2

寻找心灵归宿的圣土，原野的秋啊，正在淋漓尽致地展示丰美的腰肢。那丰硕的果实，早已挂满田间地头。

难道你还没有醒来，应该不会。信步奔走，绝对不会折断飞翔的翅膀。

孤独之前是迷茫，迷茫之后是成长。你的孤独，虽败犹荣。试问，你心灵深处的痛，痛在哪里？

吸吻生活的骨髓，把一切困惑剔除，用最简单的形式展现生命的要义，田野里盈满花香，定会把所有思潮，放入激情涌动的深秋。

3

不要将倔强的意念强加凌乱的尘世，不要将曼舞的青春置身激越的时空。你敏锐的目光能捕捉到的每一丝温情，都是岁月馈赠的福分。

不要为了爱情死去活来。再好的记忆，回忆久了，都是淡淡的味道。你不要不信。

举着感恩的火把奔跑，你不要躲闪，废墟上的意象，是风景，更是曼妙。只要向前，留住的就是岁月的清辉。

你无需用如椽的笔描述，深奥的法度，镂空的时光，都是轻捻岁月的丝线。

4

雾霾笼罩的空间，难道你还能悠闲信步？打开通往外界的门窗，心灵舒展的诗意，早被阴暗搅得七零八落。

何为海纳百川，何为胸怀气度？哀怨的心灵是蓄势的内敛是达观的微笑。

听着涛声，心境随海风，起伏不定。浪尖上跳跃的是灵魂的澎湃，亦是生命的跌宕。

将放飞的思绪收拢，羸弱的身躯随风飘零。意念却没有坍塌。潮湿的双眸，是灵魂咆哮般的炽热。

何时不再漂泊，何时逐浪前行？滑落的忧伤，如同被尘世挤压的记忆，洒满一地的痛。

隔岸观火。缕缕清风，传递的是释迦牟尼的禅语。你要珍惜这份难得的美丽。

北方，我的家园

1

一片片几近荒芜的土地，不经意矗立起一座座直插云霄的井台。井台迎击苍穹的姿态，犹如打开天门的钥匙。

凛冽的风中，它不曾战栗。烈日的暴晒下，它不曾屈服。即便是面对电闪雷鸣般的凶险，它依然自信满满。从不向各种淫威俯首称臣。

凝视这把钥匙，它浑身布满伤痕的记忆，不是控诉，不是伤怀。于是，所有期盼都在盛满激情的熔炉，绽放灵魂的禅语。

星月下一处处闪烁的磷火，是不曾装进心里的渴望，是不曾背负的煎熬。你不要惊慌，每一次失约的承诺，承载的都是满满的希望。

你即便是受伤了，也不要呻吟。即便是决斗，也不要饿着。无论面对何种境况，你都要美美地饱餐一顿，然后去收拾残局。因为你庞大的躯体，足以抵挡疯长的恶毒。

躺在温情的港湾，生死不离的约定都是虚无缥缈的影像。铁骑踏过的每一寸光阴，记载的都是百炼成钢的威武。

不要苛求完美，将一切诅咒抛向无人的角落。你的姿态，定会超群绝伦。然后立于任何一个风口，傲视群雄。

2

飞翔的翅膀断了。思想却绽放智慧的灵光。挺起胸，脊梁依然笔直。

暗流缠绕的河，一不留意，你就会窒息死亡。按住浮冰，心中的焦虑，弥漫空旷的河谷。

偶尔的鸟鸣，唤醒的不是冰封的思潮，唤醒的是除暗自庆幸之外的坚强。莫回头，朝前走。哪怕是污浊的空气堵住了呼吸，你也不要惆怅。

拥抱坚韧的意念，将无法释怀的伤痛忘却。站起来，生命的活力就会喷涌不竭。趴下了，灵魂的躯壳就会肆意妄为。

刻意遮住满身的伤痕，让漂泊的心思在波光粼粼的湖面荡漾，意境美妙的世外桃源，依旧装不下满腹经纶。四处寻找，隐逸的情调是鸡犬相闻的闲适。

迈不动脚步，却不想停下休息。露水打湿的是身躯，而不是信念的桀骜不驯。渴望成为隐者，远离世俗。点点飞红溅起的快乐，早已将忧伤掩埋，世俗也为隐者所弃。

不要抱怨世俗，不要抱怨不公。拨动记忆的心弦，生活每天都蕴含着春暖花开的诗意。

湿淋淋的记忆

1

窗格上的冰凌花，如同倔强的守护者，硬是在阳光的照耀下不肯融化。我倾心地触摸她的娇容，她风情地向我回眸。

她能有多大的定力。我还不信了。于是点燃一支火把，让她在烈焰下显露惨容。

烈焰焚烧，冰凌花却依然无动于衷。愤怒里我挥拳击向窗格，厚厚的窗格裂了。冰凌花却依旧岿然不动。我惊诧不已。难道是她，在孤傲中嘲弄芸芸众生。

思绪久久难以平静，我不停地咯血咳嗽，而美丽的冰凌花啊，却在我的长叹中，悄然逝去。

即便是化成水，她也依然无痕。我的忧伤，只能在万千的惆怅里，撒落一地唏嘘。

2

将圣洁的月光捧在胸前，嘈杂的、喧嚣的嘶鸣，不知是来自哪个角落。我只能忍痛接受意外的洗礼。

远方，是一群朝圣的智者，他们虔诚地匍匐前行。天地间，没有一丁点亮光，唯有冷峻。

不忍打破禅意的气氛，只能选择逃避。月光下，所有缠绵的风情，注定是过眼的浮云，来去匆匆。

走走停停，所谓豪迈的经历，注定毁于凄婉的夜色。明争暗夺，场场厮杀，都是红颜惹下的祸水。擦肩而过的瞬间，只是躲避不过的追忆。

寂寥里，我怎敢接受智者的抚摸，只能将奔涌的思潮掩埋在沉甸甸的胸腔。然后用温情的絮语，诠释曾经经历的荒诞。

人在江湖，身不由己。辗转奔波的人们啊，累了，为何总是不敢停下来休息？

3

羽翼未满，生命就像断线的风筝。

生命的港湾在何方，风雨飘零的日子，谁能把握生命的色彩？谁都难以把握。

难道你要堕落。即便堕落，也要呈现美丽的姿态，可别让人们笑话。那飘飞的红笺，定会存留生命演绎的激情。即便短暂，也是激情燃烧的美丽。

死不足惜，生过于痛苦。繁华落尽，诱惑你的蔚蓝，注定不会是欢愉。

以飞翔的姿态积蓄力量，死神的召唤，是对生命的摧残。在痛苦的呻吟中惊醒，理想的种子在豪放中悄然发芽。

诗句如花，激昂醉人。活着，就是一首好诗。勇敢地与世俗对抗，麻木不再是对生命的践踏。

将错就错，在微笑中打开久闭的心门，怯懦、猥琐、悲哀，将不再是枷锁。

4

不知与谁能成为要好的朋友，岁月洗涤过的每一个瞬间，我都在默默地流泪。

我总是害怕，害怕生命宛如流星，不经意间结束。要是这样，坚守的约定，不知几时才能兑现。

与生命抗争，与灾难抗争，无休无止的毒素，恣意地侵蚀我的灵魂，我的肉体。令我寝食难安。

打开封闭已久的心门，以飞翔的姿态拥抱青春，一串串或深或浅的足迹，都是淡淡的情怀，无限的梦呓。

在太阳沉没的河床上挣扎，冰凌上留下的爱，是孤独赏赐给记忆的疤痕。

心灵呢喃

倾听

站在高高的山巅，脚下是条经久不息流淌的河。

这条河，它从青海高原卡日曲奔涌而来，有着九百九十九道弯的缠绕。

倾听河水的奔涌，咆哮犹如高原男人的吟唱，狂野如同西部汉子的豪放。

站在高高的山巅，品味河的风骨。幽咽的思绪怎能不被河流缠绕的曼妙，河流缠绕的风情收拢。

河的源头，处处是孤傲的冰峰。亲近它，那冰峰起伏，景象万千的冷，并不是寒意，而是人们都无法拒绝潜藏于心地快感。

亲近它缠绕的高原，倾听到的是它温情的呢喃，咆哮的铿锵。它蜿蜒东流，似吟似唱，仅仅一樽酒杯收敛的风骨，就足以令无数的朝拜者痴迷。那杯美酒，不知你可曾畅饮？

行走在它的怀抱，人们心里充满无限的牵挂，满满的快乐。因为它所流淌的、浇灌的每一寸土地，收获的都是迷人的炊烟，厚重的乡音。

不知你是否品味到母亲河的律动。天地间，我的情感已被母亲河的胸怀包容。

泪花

割裂的思绪，犹如一张白纸。泪落在上面，也不曾留下丝毫痕迹。

那些惦念，虽然在心海深处早已掩藏。无端的景致，总是时不时让我的心底激起波澜。

眼睛穿不透世俗，思绪却在熊熊燃烧。此刻，假如你站在面前，我的情感一定不会澎湃。

思绪在浪尖上行走，掉落的泪，相伴流淌的河，点缀寂寥的夜空。该用何种方式回答你的妩媚。月影穿梭的云端，给出了明确的答案。那就是沉重的叹息。

相拥一段苍白的记忆，掩藏一段晦暗的时光。对着寂寥的窗格，你的心海难道是满满的收获？我的心田难道是累累的伤怀？

四月的寒流，恣意地施展淫威。那是寒流吗？要是寒流，紧裹的伤口就不会愈合，封闭的心海就会永久地疼痛。

夜幕中，霓虹灯下掩藏的魅影。你不要去想，更不要触碰。舞动的魅影，或许都是罪恶。

让不快渐渐隐去。田野老牛执着的奋蹄，犁铧翻晒的欲望，都是来年自信满满的收获。

让心火尽情地燃烧吧，它焚烧的一定是魂牵梦绕的誓言，凝固的一定是生息繁衍的希冀。

老屋

每次回乡祭祖，都是细雨朦胧的季节。

行走在寂寥冷清的小径，老屋近了又近了。父亲昔日抽过的旱烟的味道，早已填满了我的心海；父亲昔日畅饮的烈酒的味道，早已钻进了我的鼻孔。

布谷鸟在身边自由地飞翔。离老屋每近一步，抑制不住的都是心跳。随手捡起一片树叶，都是一份沉甸甸的思念。

走近老屋，凌乱的脚步，狂烈的思潮，早已与家园紧紧连接。心灵的感应，炙热的眷恋，都在走向老屋的小径上撒满了一地的思念。

老屋啊，你一定不要拒绝游子诗意般的情怀。打开思绪的阀门，闪现的是父亲慈祥的目光、母亲温情的爱抚，是昔日庭院的嬉闹，是曾经儿时的顽皮……

屏住呼吸，在老屋前沉思，心头缠绕的是情感的印迹，是诗意般的吟唱。随意捡起庭院角落里的任何一根枯草，心里都充满快乐。

古老的油灯下，我在沉思。老屋的炕上，我在冥想。不知不觉，泪打湿了枕巾。

安眠中，我的梦游走在老屋的每一个角落。

一切的沉重，都凝结成相思。

相拥雪花

与飞舞的雪花相拥，战栗的心相伴美丽的意境，走进无眠的夜。

雪花啊，你落在田野、落在荒原激情四溢的风华，那是你踌躇满志的心语。

空旷的田野，我赤身裸体地奔跑。你每一片撒落大地的晶莹，都是理性的光芒，智慧的思想。

凝视身后那一行行深深浅浅、斜斜歪歪的足迹，心底荡漾的是万千的感怀，是生命连绵不绝地啸音。

不曾喘息，不曾战栗。拼命地奔跑，旋转的雪花一片片，一团团，一簇簇尽情曼舞。我在奔跑中享受冰清玉洁的快感。唯美的意境，是我不舍的追求。

停下脚步，深情地沉思。唯美让你走进我的心中，而你的刚烈亦让我的精神不灭。

潮起潮落，云卷云舒，你的影子拉得越长，我的思想火花就会绽放得越久。不忍玷污你的圣洁，我收获的是沉甸甸的春华秋实。

放下贪婪，连同无知。曼妙中，让思想绽放新的理性之光，你收获的是什么？不应有恨。

贺兰山印象

对贺兰山的向往，是由南宋抗金名将岳飞《满江红》勾起的。一路吟诵"驾长车，踏破贺兰山缺。壮志饥餐胡虏肉，笑谈渴饮匈奴血"的诗句，急切地向贺兰山进发。

距离你近了。你呈现的原始冷色调，虽比不上华山的险，泰山的秀，嵩山的峻，衡山的美，恒山的韵，却不失磅礴。

掀开历史画卷，作为历代将帅鏖战的沙场，你每一次呼吸，吐纳的都是千军万马的嘶鸣。从大宋版图的割裂，到西夏王朝的建立，从大明的崛起，到大清的衰落，你的每一次变迁，都是切肤的痛。

相传你是一匹长着翅膀的神马变的。为守卫美丽草原，你与腾格里的黄沙怪殊死搏斗，终因势单力薄、后无援兵而倒在疆场。

神马倒下的瞬间，为使母亲河不受凌辱，便将自己的身躯化作一座山脉。然后，伸出如椽巨臂，一手压着腾格里的黄沙巨龙，一手阻挡蒙西人入侵的寒流，义无反顾守护秀美山河的风姿。

一团团、一簇簇云朵，在头顶缠绕着、盘旋着。那是云彩吗？肯定不是。那是镶嵌在你发髻上飞舞的飘带，那是守卫边关将士血染的战袍在挥舞。

或飞流直下的瀑布，或静若处子的山泉，在你的躯体上舞动着、跳跃着。那是流水吗？肯定不是。那是你滋润生灵的乳汁，那是你指挥千军万马冲锋流淌的汗珠。

趁着夜色，赤裸地躺在冰冷的河水里畅游，品味你诗意般的唯美。浪尖上，跳跃的是月的倩影，是星儿的絮语。伸出手，捞起的是鱼儿的欢歌。

沉寂里，迎着夜色，我把揽在怀里的云彩放飞，缠绵的意境，是我想念你的思潮。

岁月失语，唯石能言。贺兰山啊，你以海纳百川之势，山水之神韵，延续着你的神奇你的不老。

瞧着山崖上雕刻的一幅幅画卷，那一定不是冰冷的石头，而是会说话的精灵。

触摸石头，石头上雕刻的牛、羊，飞驰的骏马，男人、女人，连同欢愉的交媾……每一幅简朴的画，隐藏的都是五千年或是一万年的记忆。

触摸石头，石头上雕刻的人面、人手，祭祀、争斗，连同放牧、围猎……每一根粗犷的线条，勾勒的都是五千年或是一万年大写的诗意。

在狭长的峡谷行走，刻在石头上的画，尽管无言，却也不失光彩。历史的记忆里，它已留下了浓墨重彩的一笔。任由后人评说。

遥远的天空牵着我的深思。何为文字？五千年或是一万年有吗？肯定有。那雕刻在山石上的画，就是最美的文字！要是不是，为何后人还要铁心地向往和崇拜。

岁月不老，日月同辉。山岩上跳跃的符号，是激扬的文字，还是沉甸甸的思想？淡淡的马蹄声中，回荡的是你神话般的洒脱。

乘着羊皮筏踏上归途，岩画上射出的利箭，穿透了历史，也穿透了我的胸腔。那射出的箭，早已虏去了我的心神。

贺兰山的岩画啊，你是深深镶在石头里绽放的歌谣。哪怕是被岩画上的鹰叼去眼睛，我也要与你亲近。

何时陪我去流浪

1

赤裸着脚，疯癫地在荒原的雪地里独舞。每一个雪莲绽放的瞬间，都留有她吐蕊缠绕的暗香。

不敢高声地与雪莲对话，唯恐我的言语冒犯她的圣洁，连同她的尊严。

侧耳倾听，荒原在与雪莲对话。我赤裸的脚走过的路，撒满的都是雪莲花粉装扮的唯美。一点点、一层层，美丽而荣耀。

雄鹰在天空飞翔，它划过云天的姿态，是自信满满的刚烈，是意味悠长的追逐。在我的感官里，那是宁静过后率性奋发的姿态，而不是轻狂的冒昧。

思绪在荒原无声地蔓延，雪莲花香在荒原悄然地浸润。荒原弥漫的气息，是故乡清纯的涟漪，是你我心思深不可测的笑容。

雪莲在孤傲地开放，天空中划破黑暗的光芒，时不时将我的清纯，融入夜的璀璨。季节的长短，让我的虔诚，在回归的路途享受无始无终。

迷茫里，我怎能错过倾听花开的声音？

静默里，我敞开胸怀，释放的是柔情，而不是被岁月灼伤的翅膀。

2

关闭一切的亮光，让满腹的心思躺在温情的怀抱。风情的眼睛，早已被你浓浓的情灼伤。

我喜欢夜。因为在夜里，我可以更为自由自在地行走，根本不需要任何遮掩。那一袭黑衣，就是遮挡残缺的帷帐。

沿着崎岖的山路行走，拉长的身影我看不见。只有恍恍惚惚的记忆，犹如梦想的种子，顶破坚硬的壳，在黑暗里发芽。那一丛丛的绿意，尽管缺乏高度，可正是因为有它，我的行走才不会孤单。

守望千年的古刹，满脸的泪水扑扑地流。古槐树下，触摸它满身的沧桑，我的目光不知是忧伤还是温情。

踌躇里，轻轻扶起你的影子，我闻到的是一种近乎腐朽的味道，听到的是一种悠长悠长的回音。

夜里，我在一天天消瘦，你在一天天肥胖。心灵的回音，镶嵌不到我的心里，更镶嵌不到你的怀里。

心灵的呼唤，把我交付给记忆，与黑夜对弈。你难道如此忍心？

3

蜷曲着身子，把自己隐藏在黎明晨曦的寂静里。一声声鸟鸣，提醒清晨的到来。

难道是鸟儿要陪伴我流浪？应该不会。因为风儿已与我同行。

流浪里，我渴望家的温暖，父母的宠爱。命运的捉弄，始终让我无法享受渴望的温存。一柄带血的匕首，悄然刺进我的胸膛。

岁月如梭，青春如梦。尽管在苍茫里，岁月留住了春晖，却留不住我湿漉漉的心思。

轻轻推开心门，搁浅的记忆如同一枚小小的邮票，将万般思愁，遥寄故乡温情的港湾。

生活的碎片在黑暗的河流里漂荡，却始终拒绝沉没。痴情的泪，到底为谁而流？

颤抖的身子，忘记了路的曲直。骑着烈马飞奔，也不知悠悠的季节里浅搁了几多乡愁？

云冈，穿越历史的凝重

云冈石窟是北魏王朝雕刻在石头上的文明缩影，尽快它历尽沧桑，却并未因时空的跨越让其固有的璀璨失去永恒。

——题记

1

认识云冈，是艰难跋涉的炼狱，在跨越千年时空隧道的每一个角落，我急切地与你相约。

亲近云冈，是困苦煎熬的守望，在试图解密神秘王朝的每一个瞬间，我情不自禁地躺在你的怀抱。

走进云冈，昙曜的微笑充满自信。从东到西的开凿，浩大的工程，雕刻的不仅是北魏王朝的色彩，雕刻的更是恢宏的史诗。

注视昙曜，我忽然觉得他的背影显得单薄，但单薄里却尽显倔强。顷刻间，我似乎明白倔强的意境。因为在他的身后，有着数以万计的能工巧匠，义无反顾支撑着他的信仰。

弹指一挥间，已是千年。从公元460年到21世纪的今天，云冈跨越1500多年的历史，记载的是岁月的金戈铁马，承载的是生命难以承载的生命之重。

石窟依山而凿，大小石窟浑然一体，数万尊佛雕连绵千米。先不说它雕工的细腻，仅看恢宏的外观，足以想象到它昔日的繁华。

雕刻的佛是什么？与其说是力量的化身，不如说是北魏王侯将相们的尊荣。有梦就会有希望，可是把梦想雕刻在石头上的王朝，注定不会走远。

从386年至534年，鲜卑族拓跋珪建立的政权，在万古不朽、亘古荣华的喧嚣里，在云冈石窟日夜不息的石雕运动里，轰然倒下，荣光不在。

万岁万岁万万岁。其实只是一句虚无缥缈的口号。

2

巨石横亘，每一块都神采飞扬，充满诱惑。

石雕有致，每一块都栩栩如生，独显魅力。

云冈，你的每一块石头，并不是一个简单的符号，或者单一的概念。而是掩藏在历史深处的璀璨。

试图解析你神秘面纱下掩藏的谜团，那数以万计的佛像，姿态各异，或居中正坐，或击鼓敲钟，或手捧短笛，或载歌载舞，或怀抱琵琶，或笑迎来客……每个都令人喜爱。

《大卫》《思想者》《断臂的维纳斯》，连同《蒙娜丽莎的微笑》，都是举世闻名的作品。但是它们都无法与云冈比肩。因为，它们根本显现不出谜一般充满智慧的力量。

浩瀚的史海搜寻，关于云冈的记忆太少太少。以至于成为人们扎心的痛。云冈有藏经洞吗？我暗自寻思。如果有，为何不显露真容，好让我的心狂烈地跳跃一次。

心存奢望，把梦在云冈的天空抛洒。那线条，那色彩，那高度，亦真亦幻，亦醉亦痴。

飞鸟在云冈的上空盘旋，不知它是在感悟佛的旨意，还是在守望佛的慈悲。恍惚间，我惊诧地感到，飞鸟翅膀下流淌着北魏王朝的血。

站在大佛下，倾听天籁之声，谁会拒绝"如沐天恩"的临照！

沧桑是独有的美。1500多年的风雨剥蚀，云冈，你到底增添了几分岁月风华，凝聚了几多世事沧桑？

3

雄奇的鲜卑民族，跟随逝去的北魏王朝，到底留下了什么？人们在暗自寻思。

翩翩飞舞的丝带，再次撬动着亘古的文明。一带一路，犹如一颗五彩斑斓的宝石，再次点燃人们火热的向往，放飞人们美丽的梦想。

从嘎仙洞搜寻，从云中石室探秘，从云冈石窟煎熬，从龙门石窟辗转，连接生命的链条，却总是掀不开云冈千年的迷雾。"大同屠城"，是谁的哀婉，又是谁的残忍？

"顺治月夜出家奔云冈""康熙云冈寻亲记"的民间传说，康熙御笔赐匾于云冈的"庄严法相"等等，是传说也好，是神秘也罢。云冈，每一件事物，每一棵树，每一座房子，每一块石头，每一声鸟鸣，都显现着千姿百态。

"一洞一窟一经书，一龛一佛一世界。一花一石如有意，不语不笑也留人。"云冈是历史的骨骼；云冈是历史的血肉。触摸云冈的切肤之痛，佛的法度里，我感悟到禅的意境。

云冈，你是什么？你是一座令人敬仰的城。

云冈，你是什么？你是一个连接世界炫目的坐标。

走近你，我已经触摸到你灵魂之石的光芒。

4

驼铃声声，羌笛悠悠。

一尊尊大佛在云冈联结民族的血脉，凝固永恒的历史。你是千年不死的标本，更是千年活着的生命。

注视你的尊荣，所有的强权者都会在你的面前暗自羞愧。石窟缝隙透过的亮光照在你的身上，淡淡的光与你的线条相融，构成了你最唯美的样子。

你似乎动了，我似乎眩晕了。你呈现的经典，是无法复制的风姿。但悲催，为何总是和你相随。

雁荡山间，群峰相拥。北魏时，云冈的高度延伸到了顶峰，北魏后，云冈的高度似乎不再。但它的顶端，后来者却始终未曾触及。

在狭长的山间行走，人们的思想时而跃上山巅，时而掉入谷底。每一次跌宕起伏的心路历程，都是铿锵的佛语。你别不信。

何为历史风韵，何为岁月永恒？置身佛的怀抱，我突然明白，天地之韵是何等璀璨耀目。

云冈，难道你是历史的荒原，总是让人琢磨不透你的言语？

云冈，难道你是复活的历史，总是让人在微笑中赞叹你的壮美？

云冈，你带着神秘的风尘与我相拥，听着你的禅语，历史尘封的记忆的种子，在我的心底悄然发芽。

别了，云冈。回眸一眼，你千万别灼伤我的眼睛。我的泪眼，注定会留下一段苦涩的文字。

雁门关，千年的咏叹

你不是一般意义的关，每一座连绵不绝的山峦，承载的都是你的幽咽；你不是一般意义的城，每一处滚滚升起的狼烟，记住的都是你的呐喊。

——题记

1

眼前是连绵不绝的群峰，镶嵌群峰的每一处关隘，都是狼烟四起的战场。

战马嘶鸣着、跳跃着。一排排冷箭，不停从城堡的箭楼向外射杀，狙击匈奴的偷袭。箭光了，迎击敌人的是巨石。巨石抛光了，还有隆隆的炮火伺候。

顺着浸染鲜血的城堡行走，点将台下是赵武灵王率领将士厮杀的威武。尽管将士们在一次次刚烈冲锋中延误了归期，但他们的忠心天地可鉴。

狼烟已经点燃，战鼓在急促地律动。剩下的唯有义无反顾地冲锋。李牧穿着战袍，自信地在城楼上呼喊，将士们身披铁甲，威武地挥动着战旗。

雁门关啊，你不要哭泣。五代十国，宋辽金元数百年用血泪浸染的山河，雕琢的不是长歌当哭，不是马背民族的风华记忆，而是突厥人在陡峭山崖上留下的断魂。

让时光穿越过雄关漫道，让思绪穿越过亘古岁月，阳光刺破云端的每一个瞬间，盘旋的都是永恒。

2

掀开历史的画卷，不知你可曾感悟到战争蕴藏的大爱。

雁门关啊，你不是一座普通的城。历史记载的应该是一座用血肉构筑起的长城。

李广率领的铁骑，昭君出塞的悲怆，薛仁贵赫赫的战功，杨家将遗孀们倔强的厮杀，慈禧太后屈辱的外交，一串串故事，记载的都是朝代更迭的荣辱。

历史是一面镜子。在漫漫的历史长河中回眸，谁是配角，谁又是主角？雁门关啊，这座铭记历史的城，应该不会忘却历史的煎熬。因为，忘却历史，就意味着背叛。

仔细聆听远方悠长的驼铃声，我们不应有恨！

3

一座城堡，一抹残阳，那是岁月长河的清辉。

一片瓦砾，一处石印，那是历史印记的起伏。

屏住呼吸，站在高高矗立的关隘，仔细搜寻历史的华章，每一种感觉，都不是历史的苍白。

将历史与现实融合，哀号士兵的尖叫，战马嘶鸣的奔腾，黯然伤神的思绪，无不在荣辱起伏的关隘，化作点点飞虹，点缀雄关的每一个角落。

让我的感官失聪，让我的心神游离。雁门关啊，如果没有李广，没有杨家儿郎，如果没有薛仁贵，没有李牧，用血洗的衣衫守住边关的安宁，大美的山河，究竟会是什么样子？人们不敢深究。唯恐自己的灵魂堕落。

芳草萋萋，大山无语。千年的画卷扑面而来，不知人们铭记的是历史，还是英雄的城？

4

雄关漫道，沧桑依旧。将所有豪情收敛重叠的群山峻岭。沉默是被烈风撕裂的痛。

在石阶上攀爬行走，每前行一步，都是被血泪浸染的悠长。恍惚间，一股血性，在我的体内勃发。

雁门关啊，不知你千年的图腾，辉映的是对雄伟长城的眷恋，还是对生命的敬重。

八千里路云和月。朔风里，苍劲的松柏不会低头，奔腾的桑干河水不会倒流。静默里，点燃一支烟，心海涌动的是你的丰盈，你的血脉。

雄浑的关墙，依旧倔强地挺立；硕大的磨刀石，依旧倾吐着悠长的叹息；残缺的汉瓦前，依旧是金戈铁马般的厮杀。

抓起一把猩红的泥土，细细品味历史，一个新的王朝又是怎样无声无息在你的面前结束他的生命？我陷入沉思。

雁门关啊，你是一座英雄的城。站在你的面前，我是多么渴望变成一只美丽的和平鸽，飞翔在你的上空，守望你的沧桑，你的宁静，你的美丽！

相拥那朵盛开的莲花

1

窥视窗外少男少女的缠绵，我心静如水。因为年龄，早已不能与那些少男少女相比。

倾听窗外的喧嚣，那街市的灯红酒绿，玫瑰的余香袭人，其实都是掩盖悲伤的音符。

那传递的柔情，那风情的魅影，其实勾画的都不是真情缠绕的温馨。那是罂粟般的毒药。你吸食了，注定缔结的都是生命的怪胎。

情感的路，蜿蜒苍茫。要不就不会有牛郎织女千万年的厮守相望，连同一个轮回又一个轮回地期盼。

望着夜空，你寂寞吗？其实寂寞的感觉真好。一个人的花好月圆，注定不会让涓涓缠绵的情怀失落云端。

因为远方，有你与我厮守相望。

2

没有情人的情人节，你是如何度过。

女人，渴望的是拥有男人的真情。男人，渴望的是拥有女人的肉体。质的不同，那无疑是人性的裂痕。

假如你是女人，难道还要拥有那份并不值得的所谓的曼妙？假如你是男人，难道还要拥有那份肆意妄为的暴烈？

飞舞的雪花，那是飞扬的泪花。凝结的冰凌，那是绽放的痛楚。

谁来拭去泪花，谁来抹去痛楚？不让曼妙在喧嚣中坠落。不是你，也不是我。

春梦缠绕的河流。曲曲演绎的风情，定会在黎明前搁浅。

3

谁能告诉我，寂寞中被烈焰焚烧的人，就是真爱吗？谁能告诉我，精美绝伦绽放的莲花，就是爱的天堂吗？

注视少男少女们含泪的眸子，我的心在颤抖。我不禁要问，你为何要扇动美丽的翅膀，去触摸让你凄惨的笑容。

要是我，绝对不会。我会为挚爱的人编织一个美丽的心结，然后放飞，一刻不停地盘旋你的窗前，久久表达我的爱意，抚慰你的心灵，填平你的忧伤。

泪，打落在地板上。那是你的呢喃，那是我的问候。想到你，提笔写下的只言片语，都是悲情的甜蜜。你一定明白。把心捧在手上，颤抖的心如同玫瑰的颜色。

凄美里，你送给我的那颗红豆，早已在胸口的衣袋发芽绽放。

油菜花香

美景如画。瞧着远方那台塬更迭、阡陌纵横、满目花海的山谷，心暖洋洋的，与金黄色的花一起飞舞。

弯下腰，一动不动地注视那娇艳的油菜花。那沾着雨露，吐着花蕊的花瓣，如同流动的云彩，如同摇曳的乡音，如同升腾的梦幻，点缀翻涌的思潮。

靠近花海，一片片律动的金黄，一只只曼舞的蜜蜂，一处处涌动的人流，都在这如烟如雨的季节，绽放着，飞舞着，欢腾着。

油菜花啊，是不是你太过柔情，每一幅编织的锦缎，都让人们屏住呼吸，回归童年时的欢乐？

油菜花啊，是不是你太过张扬，每一幅绘就的色彩，都让原野肆意忘情，锁不住欲飞的奔放？

手捧一瓣花，你浓郁的气息，迷人的色彩，早已扰乱我的心神。捧着你，我似乎感到了你的心跳。油菜花啊，你那遍布原野的壮观，不正是故乡的热情，故乡的纯朴？

花海浩瀚，花香袭人。绽放的油菜花啊，凝视你，我收敛了昔日的狂野；拥抱你，我感到了万千的温情；追逐你，我捡起了湿漉漉的记忆。难道你，一点也感觉不到我的心事？

佳期相约。享受油菜花的怒放，倾听花海的澎湃，我似乎感到每一个角落都散发着金灿灿的光芒，那每一寸土地都弹奏着曼妙的乐章。这不正是季节给予我们的馈赠？

梳理思绪，品味快乐。我深陷花海不能自拔。因为油菜花那耀眼的金色，不时诱惑着我的情感，让我的孤寂，不再是随风飘零的悲壮。

我的家园我的梦

所有坚忍不拔的努力迟早会取得回馈。

——题记

你是行业的骄子，与你相拥，怎能不令我心醉？

你是行业的骄傲，与你相拥，怎能不令我痴迷？

你倚天舞剑的豪气，敢为人先的追逐，怎能不撩拨我窥视的冲动？

你高亢激越的长吟，风情万种的律动，怎能不让我永久地着迷？

你步履维艰的跋涉，如泣如诉的煎熬，连同满腔喷涌的激越啊，怎么能不让亲近你的人泪花飞扬？

你固有东北汉子的质朴，西北汉子的憨厚，怎能不让无数的追随者为你点赞？

啊，你真像谜一样的天空！高不可攀，亦深不可测。

从八百里秦川，我跋涉而来。走近你，你秉性的孤傲，你胸怀的坚韧，让我空寂的灵魂瞬间释然。亲近你，你的温情，你的缠绵，怎能不让我感到生命的厚重？难道是你，在不经意间改变我的性格？恍惚间，我不由自主地扪心自问，难道你就是我苦苦寻觅的生命家园？

不是吗？在我的记忆深处，故乡是富饶的圣土，八百里秦川有广袤无际的原野，有不胜枚举的宝藏，有玉带缠绕的秀美山川……然而，当我行走在毛乌素沙漠，历史与现实交汇的印记，让我认识到另一方谜一样的土地，谜一样的天空。那金灿灿的沙漠，那笔直挺立犹如哨兵的胡杨，那到处散落的仰昭、龙山文化，那石破天惊的石峁遗址，那享有"东方科威特"美誉的边塞古城，怎能不令我的心潮奔涌？倘若不走近你，我的冲动，我的眷恋，怎会在此定格？

爱你，就有爱你的理由。依偎在你的怀抱，你牵着我的手，牵着我的灵魂，在古典与现代华章交融的大地上行走，我在移情别恋里忘却了归家的路。因为你的胸怀，接纳了漂泊者的灵魂；因为你的柔情，温暖了漂泊者的心海。

栖息你的怀抱，弹指一挥间，时间的光影让我度过了三千多个快乐的日子。掀开三千多页日记记载的温情，每一页都记录着我的荣光，承载着我的自豪。寒风里，我们没有倒下；逆境中，我们勇毅奋进。那每一步艰苦卓绝的印迹，都是冲破理念束缚、时间禁锢，负重前行的诗意篇章。

不是吗？供给侧改革，浴火重生的洗礼中，我们的企业用"壮士断腕"的勇气，打破了各种藩篱的束缚，杀出了一条深化改革发展的新路。

在化解过剩产能，伤筋动骨的阵痛中，我们用"八千里路云和月"的硬朗和坚毅，开启了转型发展的新篇。

去杠杆，向困境中走去，我们不等不靠，不讲困难。

补短板，从艰辛中走来，我们不歇不停，不说理由。

提质增效，我们在困境中凤凰涅槃，蓄势待发。

转型升级，我们在逆境中浴火重生，雄风依旧。

你质疑吗？艰辛中一路走来，岁月重复着我们的性格，时光见证我们的秉性。聚焦创业历程，每一个白昼，汗水兑现我们昔日创业的承诺。在每一个企业，我们用脊梁，坚定地支撑企业腾飞的翅膀；每一个飞扬的数据里，每一项降耗的指标里，都有着我们无私的奉献。奋进中，一条条特色循环经济产业链呈现在人们面前，这是鼎力抗压的战歌，这是自信满满的承诺。

"有志者，事竟成，破釜沉舟，百二秦关终属楚。苦心人，天不负，卧薪尝胆，三千越甲可吞吴。"如果没有信仰，我们怎能耐得住寂寞，怎能长久守护我们的家园？有人说，我们是时代的舞者，偌大的化工产业园就是我们的舞台，设备的轰鸣就是自然生成的音乐；有人说，我们是煤化工的拓荒者，每一次走过的险滩急流，定格的都是品牌企业新的姿态。聚焦发展历程，一次次苦苦探索的历程，都是鼎力抗压的乐章，一次次信心满满的承诺，都是云卷云舒的赞歌。

掀开发展的诗篇，我惊呆了！在人们的质疑声中，我们在不经意间创造着一个又一个的奇迹。从我们肩负使命、立足煤化、北移筑梦的那一刻起，就始终坚持以煤炭分质高效利用为主攻方向。当"陕煤—榆林版煤制油""块煤干馏中低温煤焦油制取轻质化燃料工艺技术"在行业独领风骚的时候；当我们自信满满，自主研发出"系世界首创、居国内领先"的"中低温煤焦油全馏分加氢多产中间馏分油成套工业化技术（FTH）"、低阶粉煤回转热解制取无烟煤工艺技术、煤焦油全馏分加氢制环烷基油等系列技术的时候；当我们逆势而行，追赶超越，全面形成"块煤（粉煤）—兰炭（粉焦）—煤气（煤矸石）发电—电石—热力—煤焦油加工—燃料油—精细化工产品"一体化特色循环经济产业链的时候……人们的思绪怎能不律动飞舞？

试想，如果我们昔日不曾播撒下一粒梦想的种子，今天就不会拥抱花团锦簇、枝繁叶茂的大树。如果我们昔日不曾播撒下一粒梦想的种子，今天就不会驰骋明流暗潮涌动的大海，品味迎战惊涛的快感。

星夜静美。我整夜无眠。站在高山之巅，我深情地俯瞰一座座矗立荒漠深处的厂房，一台台轰鸣的设备，一辆辆穿行如梭的运输车辆，一群群坚守岗位的劳动者，你的壮美，你的神韵，怎能不让所有的人们陶醉？望着你，你与大地浑然一体的壮美，那是何等永恒。

沉醉里，我似乎倾听到你荡气回肠的呐喊，你雄浑瑰丽的乐章，你奋进创新的舞姿，还有那无数北移创业者传递的薪火……一切的一切，都是多么地摄人魂魄！

啊，我固守的家园！你绿莹莹的山，怎能不让我意乱情迷？

啊，我固守的家园！你碧蓝蓝的天，怎能不撩拨我的心弦？

静静地守候着，等待着。我在期待你新的勃发，新的萌动。

亲吻芦花

"蒹葭苍苍，白露为霜。所谓伊人，在水一方。"款款地，从厚重的历史里走来，《诗经》缠绕的曼妙，让你的足印，在抚摸岁月的烈焰里收获春华秋实。

晨曦的光影，穿透芦荡的每一个角落，看似漫不经心，却袅娜多姿，看似随风而摇，却风情万种。

敞开胸，多么期待飞舞的芦花能在心海摇曳。因为那飞舞的花，凝聚的是不老，凝结的是美丽。你若不信，瞧瞧芦枝上沾满的雨露，触摸芦花轻盈曼舞的身姿，她每一次舞动的轻盈，述说的都是畅快淋漓的深情。

芦花在风中飞舞着，律动着。一朵一朵，一缕一缕，欲落还扬。静卧在芦花丛中，感悟芦花生命的倔强，感悟芦花张扬的个性。她以水为根，以野而栖，集群而生，聚众而长，轻瘦高挑的姿态，总是挺立不倒，从不抱怨命运的忧伤，从不迎合献媚者的奉承。她每一次生命的蓬勃，都是跌宕起伏的诗意，都是岁月凝聚的不朽。

深夜里，静静地倾听，芦花每每缝合的心门，涌动的都是爱的烈焰。芦花在迎风劲舞，她的婀娜，犹如羽扇纶巾，浑然天成。望着她的飘逸，她的深情，内心翻腾的不快，顷刻间化作无形，消失在大地的绿色里。

在匆忙中与芦花相约，复又在匆忙中离别。芦花啊，思念中的相守，思念中的情感，只觉得太短太短。你不要怪我，今日的离别，是为了明日更好的相聚。

痴迷中，在回眸芦花的婀娜，萦绕心头的芦花啊，你千万别飞得太远。飞得太远，你的影像就会模糊，我怕听不到你的吟唱。

遥远的芦荡深处，不时传来阵阵悠扬的笛声。芦枝上飞舞着、停留着叫不上名的鸟儿，芦荡间弥漫着飘飘若仙的雾气，阵阵波涛涌动的涟漪，那喧嚣与宁静泼洒的画卷，让我心静如水。难道不是，那沧桑的韵律，寂静的色彩，原本就是灵魂的沉积，家园的静美。

在芦荡里穿行，每一株富有思想的芦枝，都在顽强地挺立，每一朵芦花都在动情地微笑。作为看客，我默默地注视她不屈的生命、灵魂的孤傲，内心翻腾的思绪，不停地抽打着灵魂的叹息。其实，我更愿与芦花长久厮守。

"碧云天，黄花地，西风紧，北雁南飞。晚来谁染霜林醉？总是离人泪……"静静地守望，我的心融在整个芦荡里。芦花，你就尽情地飞吧！远方，有着我对你深深的恋。

矿工

一种雄性固有的荷尔蒙，从地层深处连绵不绝流淌着、喷涌着……

龇牙咧嘴的井巷，一群赤身裸体的雕像，或是静止的姿态，或是律动着搏击。扬尘的空间，到处是窒息的空气，到处是痛苦的呼吸。这群雕像，却总是毫无怨言。

一把镐，一支锹，一个支架，一根支柱，就是他们采集地火的武器。镐断了有锹，锹卷了有双手。无论经历多大苦难，他们都从容不迫，沉稳刚毅，意气风发，永不退缩。

每天、每月、每季，每一个四季的轮回，他们都在二氧化硫吞噬的气味里煎熬，都在煤尘飞扬的空间里折磨生命。那抡圆胳膊紧握铁镐的双手，那紧握铁锹挥臂冲锋的姿态，那哗哗转动的溜槽，都是泣鬼神的呐喊，都是骇人的图腾。

地层深处，他们深处危境，永远呼吸着散不去的水雾，永远呼吸着弥漫的煤尘，永远呼吸着刺鼻的瓦斯……为了开采光明，他们年复一年地坚守着、忍受着苦难。

不敢亲近你。亲近你，我怕坚持不了信仰。捡起一块乌黑发亮的乌金，亲吻着，我的脊梁感到笔直笔直。

走进地层深处，触摸你的脊梁，搜寻你的魂魄。一条条笔直的井巷，就是你的脊梁；一群群不死的雕像，就是你的魂魄！

再读无字碑

是上苍的恩赐，给了武媚娘仰卧大地的风情。

行走于古道，烟雨朦胧的意象，最秀莫过你双峰挺立，腿夹玉柱，令人浮想联翩的睡姿。

吱吱呀呀的岁月碾过千年的风霜，你的故事却依然不老。先不说登基称帝的胆识魄力，也不说无字碑的意味悠长，仅仅你仰卧的姿态，就是令所有男人望尘莫及地苦涩。

你玉峰挺立的姿态，犹如出水芙蓉，犹如一对扑扑飞舞的白鸽，记载的都是扑朔迷离的故事，挑战的都是男人至高无上的尊严。望着你的睡姿，所有的男人从此都不再淡定。

你腿夹玉柱的潇洒，犹如一支利剑，挑战的是所有男人的心理极限，挑战的是大唐不朽的尊严，挑战的是逝去历史的典律。面对你的潇洒，所有男人怎能不感到蒙羞？

何为伟大？何为卑劣？走过的历史没有人能做出令人信服的解读。仅仅凭你，一个弱女子敢于挑战世俗的铿锵，无论是功，无论是过，后来者都会虔诚地膜拜。

站在无字碑前，你犹如一部精美的诗，让人读不懂的诗句，到底蕴含的是哭泣还是欢愉，是享受还是煎熬？

大唐的风，在耳边呼啦啦地响。风儿传递的是华夏五千年文明的吟唱，是华夏女皇自信地高歌。

任凭思想的翅膀飞翔，泪掉落在无字碑上，久久没有风干。难道你也在流泪？昔日的血腥不再，你干吗还要暗自哭泣？难道是你不想背负千古骂名？你不要悲痛不要凄凉，要是唐高宗能挺起脊梁，你就不会抛头露面，你就不会在尔虞我诈的宫廷，凄婉地燃烧女子的心智。

站在无字碑前，你犹如千年的谜，让所有智者都读不懂你到底洋溢的是柔情还是残暴，是刚烈还是无知。细细品味，你"看朱成碧思纷纷，憔悴支离为忆君。不信比来常下泪，开箱验取石榴裙"的诗句却是何等的柔情似水。

站在你面前，不想争论，更不想玷污。只要掀开历史的面纱，便会看到，你造就的辉煌与永恒，后来者无人能及。单凭你傲视群雄、君临天下的风姿，就是一部永远读不完的史书。

何为传奇，何为不朽？无字碑，雕刻的是让所有后来者无法解开的绝唱。

远行的记忆

季节的音符，悲怆地穿越时光隧道。耳畔穿梭的啸音，夹杂声声叹息，将翻腾的记忆抛向远方。

无端地呼吸浑浊的气息，心碎地叹息岁月的苍茫。灵魂守望的信念，被疾风吹落成一地唏嘘。捡不起也忘不掉。

站在熙熙攘攘的人群中，无数种异样的眼神，总是让人难以承受。走在路上，眉宇间点缀的豪情，凝结成苍白的感叹，漫无目的地游荡四方。

思维变得万般迟钝，梦变得遥遥无期。欢乐与痛苦交织的密码，无从解开心结的门。被无知者禁锢的思想，留下或明或暗，或理智或暴怒的烦躁。心，总静不下来。

山水间流淌的是悠长的故事，山谷间诠释的是唯美的恬静。脑海中突然冒出"信仰"一词，难道这是生命的重量？

大山，你不要尽显风情地诱惑。曲径通幽的每一处山石，装扮大山的每一片绿叶，都是大山心花怒放的禅意。山不语，花蕊萌动。

爱与恨，情与仇，悲欢与离合，构成一道道催人泪下的印记，足以让血泪斑斑的躯体，失去原本的血性。既然选择了远行，就不必计较太多。飓风过后，生活应有的色调依旧会光彩照人。

耐心倾听，阵阵响彻云端的鬼哭狼嚎，只不过是无知者玷污生命的噪音。即便是你听得耳膜刺痛，也要学会倾听。

卑鄙，只是匆匆一瞬。美丽将会永生。

思念远方

夜，异乎寻常地长。

梦，异乎寻常地多。

无论哪种形式，故乡的影子，都清晰地在眼前缠绕。

思念的过程，说是短暂，却也漫长。回首凝视，遥远的家园，不再是昔日的模样。

不知村头的古槐，拴着的那匹老马，眼角流淌的泪，是痛，还是欢愉。季节的轮回，只有它懂。

倾听远方悠扬的笛声，故乡的味道好香好甜。沉浸里，思潮绽放的是对故乡的眷恋。

渴望不再孤单，渴望相依相恋。繁杂的喧嚣，困惑的冲撞，将甜蜜的梦惊醒。无奈里，掠过脸颊的只有廊桥遗梦般地苦涩。

远离家园，母亲的笑脸，母亲的刚强，总在心弦里打转。入夜，老屋那盏经久不息的灯，是在祈福，还是在指引方向。

独饮烈酒，回归脑海的是荡漾的春潮。

雨中

总想让自己淡定，心总是静不下来。心存的思念，如雨，如烟，如梦。

不知你可曾记得，雨中那次美丽的邂逅。雨中的你穿着一身洁白的连衣裙，打着一把紫红色的伞，若有所思行走在通往紫月潭的小径。细细的雨滴洒落在地上，如同你轻吟的歌，缓缓撩拨我的心弦。

望着你迷人的倩影，倾听从雨伞边缘滑落下谜一样的伴奏，我如痴如醉。正是如此，邂逅成了我久久不忘的惦念。

你安好吗？正是有了那次邂逅，我的心似乎才有了归宿。每当下雨的季节，我都会独自一人，行走在雨中，行走在曾经邂逅的小径，期盼再一次相逢。

雨不停地下，风不停地吹。那雨滴，如同你细碎的脚步，款款走进我的心房。那风声，如同你飘逸的长发，轻轻抚摸我的脸颊。呼吸清新的空气，感悟寂寥的絮语，真不知曾经倾听过的歌是否还会在耳边回荡。

躲在黑暗的角落，没有你的只言片语，苦思冥想你的颜容，眼角挂满的泪珠，诉不尽思绪的苍茫。捡起一片猩红的枫叶，掉落地上的泪珠，打湿了朦胧的心思。

躲在黑暗的角落，甜蜜回味你的余香，心头涌动的快乐，不经意触动每一根绷紧的神经。捧起一掬清冽的泉水，几度春华秋实，几度春暖花开，连同所有荣辱利禄，都在思念中化作一声长叹随风飘去。

是不懂风情，还是不解世故。苦苦地等待，我知道错了。凌乱的思绪已经暗示了最终的结局，我却全然不知，依然在琐碎的记忆里，固守泼洒的那一片云彩。

轻轻行走在雨中的小径，透过那一片片薄薄的云雾，山野彰显的是一幅美丽的画卷。不敢再向前迈动一步，唯恐破坏这美丽的风景。

雨还在朦朦胧胧地下，万千惆怅如同连绵不断的雨，飞舞着对你的多情，对你的遐想。闭上眼睛，除了雨滴打落地上的声音，满脑子都是与你的对话。你听到了吗？

雨中有娇艳的玫瑰，雨中有败落的百合。是选择惊艳，还是选择枯萎，那是你的权力，也是我的自由。如果你还记得曾经的邂逅，你就选择惊艳。如果你早已忘却美丽的邂逅，那你就选择枯萎。花开花落的季节，你有你的选择。

寂静的紫月潭，潭水扩散的涟漪如同纷乱的思绪。谁能读懂真实的情感。心神不宁里，我连忙将一股脑的惆怅孤独，浸入冰冷的潭水，让悠长的思念续写重复的故事。

夜幕早已降临，雨依旧在下。站在雨中，任由无情的雨滴浇灌身心。你的影子，并不模糊。你的歌谣，依然清新。相伴孤单，心无杂念。你说，为何要爱？

雨越下越大，赶忙将颠沛流离的思潮收拢。既然无法与你相约，距离产生的美感，或许也是最甜蜜的回味。

一种相思

手捧一杯茶，将所有的嘈杂与喧嚣抛向脑后。空气间流动的清香，飘荡在整座屋子。

窗外显得好静。华灯初上的街景，如同一幅浓墨泼洒的画卷，每一处流动的景致，撩拨的总是按捺不住地冲动。每一个柔情诗意的角落，浮动的都是似曾相识的气息。

窗棂外，四处飘溢的是脂香，是激情。风儿吹过湖面的柔软，浸润的是或委婉，或嫣红，或风情，或是不曾被遗弃的斑驳。湖面飘溢的是什么？是浮动着的来年春的气息，是人们缠绵不尽如画的心波。

品着清香茶茗，思想波澜游走在窗外的红尘里。欲把心事深藏屋子的角落，翘首回眸的光影，总是沉浮不定。那些悬空晃动的世俗，总给人带来缕缕惆怅。

好想抚琴独奏，好想愤慨作文，心中的思念如同泛海孤舟，将满满的柔情摆在眼前。于是，与时空相守的唯有"剪不断，理还乱"的尴尬。

好想对月说上几句私语，好想躲开昔日沉重的牵挂，曾经的怯懦、鲁莽、不耻，始终徘徊于心，无法割舍，无法决断。难道这是生命的悲怆？

点燃一把火，火光照亮的纯情，是对生命的尊重。即便跳跃的烈焰时隐时现，也是气吞山河的呼吸。即便跳跃的烈焰没有言语，也是激情万分的舞者。你最好虔诚守望。不要言语。春的轮回，不会寂寥。

夜色里，温情摇曳的浪涛，正在款款绽放迷人的骨朵。芬芳凝结的璀璨，有谁能窥探出生命的颜色。

茶似乎有些淡了，续上新的，满屋复又暗香涌动。

杨家城走笔

杨家城位于榆林市神木县城东北约 20 公里，即古麟州。据专家考证，五代至宋，州刺史杨宏信，长子杨重勋（重训）和孙杨光，世守麟州；次子杨业和孙杨延昭，都是宋代名将，北拒契丹，称雄一方。这里留下了许多杨家将的历史遗存和传说。

——题记

山上是一座威武不屈、金戈铁马的城。

山下是一条滚滚不息、呜咽咆哮的河。

威武不屈的城，周围是一座座高耸的烽火墩台。烽火台屹立的姿态，如同不屈不挠的士兵，始终保持战斗的姿态。尽管时刻经受狼烟熏烤，始终义无反顾。

金戈铁马的城，至今犹存万马奔腾、杀声震天的呼喊。注视断壁残垣存留的烈焰，手捧被战火烧焦的土，昔日的刀光剑影，点燃的是令人敬仰的灵魂。

滚滚不息的河，河水连绵不绝亲吻大地的胸膛，雨水无数次浸泡记忆的帆，它们都在恢宏中滚滚奔流，都在奔流不息中倾诉曾经地磨难。

呜咽咆哮的河，河水浪尖飞舞的音符，是杨无敌雄震边关，威名远扬，泪水汹涌的呐喊；是杨家将满门忠烈，一去不归，荡气回肠，轰轰烈烈，威武不屈的灵魂。

亲近悬崖峭壁上紧锁的城，眼前闪现的是地动山摇、杀声震天、军旗舞动、鹰击长空的豪情。尽管备受摧残，尽管山河破碎，保家卫国的信念，犹如五指松千年不倒的苍劲，诠释民族的呐喊。

有机会亲近你，才知道满门忠烈，满门抄斩，寡妇挂帅是何等令人唏嘘，令人心酸。尽管你铁骨铮铮，尽管你遭受风雕雨蚀，悲壮的日子，你不屈的信念在奔流的河水里呜咽地倾诉着冤屈。

亲近你，方才明白"一夫当关，万夫莫开"的豪气因何而生，"打死不离亲兄弟"的霸气来自何处。尽管王权玷污了你的灵魂，历史漫过的城堡，记载的都是你的灿烂，你石破天惊不容岁月遗忘的风骨。

城还是昔日的城，景还是昔日的景，水还是昔日的水。唯独让人感到欣慰的是你桀骜不驯、义愤填膺、刚正不阿、挥舞刀剑，用意象刺穿后来者灵魂的战栗。

你寂寥吗？透过历史烟云，跌宕起伏的恢宏，长风当歌的惊魂，让一切盲动的灵魂变得不再盲动，不再痴狂。几经风雨的磨难，几经煎熬的摧残。人们叹服你蕴含的雄浑。想到此处，眼前呈现的不再是残垣断壁，不再是焦土瓦砾，而是一部凝重的史诗。

亲近悲情的城，亲吻流淌的河。总想读懂你的厚重，你血泪交融的悲壮。有痛也有忧伤。

倾听你沉重的呼吸，似吟似诉。坚硬的种子既然能在你的怀抱生根发芽，就不必叹息马革裹尸的悲壮。我读懂了。你泥土里绽放的是叱咤风云的壮烈，是感天动地的经纬。

城，是抵御侵略者的屏障。河，是久久不息思念的长廊。静坐神秘的城，不敢更深地探幽，泪却挂满忧伤的脸颊。追逐你的坚韧，云端上圣洁的诗句，不再是漫天乱舞的字符。

寻觅你的影子

窗外的雨淅淅沥沥下个不停，心中的忧郁和悲情，写满了页页含泪的纸。

找出不掉泪的理由，情不自禁地感怀，总是逃脱不了记忆深处的枷锁，让凌乱的思绪复又点燃困苦不堪的追忆。曾经的错过，让本该春暖花开的画卷，早早沉没黑暗。记忆的伤痕，折磨着我，你似乎也轻松不了多少。

品味迷失的日子，心总是快乐不起。面对所有的人，整天还要装着幸福的模样，让强装欢颜掩饰无处安放的心语。

记不起你说过的甜言蜜语，破碎的心诠释的唯有伤痕累累。不敢有过多的追求，不敢有过多的留恋，随缘不变的情怀，也淹没在聚散无期的唏嘘里。

为了所谓的爱情，有过撕心裂肺的守望，有过撕心裂肺的呐喊。花开花落的季节，留给记忆的总是意乱情迷的不安，游走记忆的无奈。

岁月如纹。心中流淌的血，延续着生命。苦苦守候的记忆，不停在眼前穿梭，花好月圆成了虚拟的风景。不是我无动于衷，因为你早让一丝不挂的美丽，游走黑暗的角落。

怎样才能摆脱你的影子，让人生找到栖息的港湾。假如你背叛了我，我并不在乎，只要你不背叛灵魂就行。

灵魂的呐喊，是生命撕裂的悲鸣。渴望用真诚守望宁静的家园，潮涨潮落的嬉闹，告诉了我一个秘密：怅然若失的背后，注定不会是永远的痛。窥视阳光下你的献媚，你绝对不会成为忠诚的伴侣。

归家的路途，不再渴望拥有美丽的邂逅，因为你纷乱的足迹，早已踩伤我的心弦。

无涯的旅途，生命施舍给我的快乐、我的美丽，梦一般飘进记忆深处。记忆深处的私语，你听懂了吗？如果没有听懂，那就选择沉默。

梦，依然浪漫。不想再见到那些恶毒的眼睛。你要是明白，我选择的沉默，并不是真正的无言。

破解生命的密码，我不会在黑暗中永远行走。只要潮水每天都是新的，生命之树就会在飘逸中攀上新的高度。

寻觅回家的路

一道道山峁，如同弹奏的音符，那是故乡淋漓尽致笼罩的景致。

一曲曲山歌，如同春天的雨露，那是游子满腔思念素描的画卷。

看到了吗？山的背后，是老屋。那升腾的炊烟，是弥漫故乡气息的种子。

山坡上是一群群低头吃草的牛羊，山坡下是一条条交错的秀水，远峰上是一片片挺拔的翠绿。故乡的质朴，故乡的浓烈，藏在仙境般的画中。

通往故乡的路，每一处都不平坦，都不会轻松走完。遇到的坎坷，是跋涉的主基调。

忘却困惑与不快，疲惫与幽咽。只要找到山的驿站，就能找到归家的经纬。山道的每一处驿站，播撒的都是种子。

每走一步，距离故乡就更近一些。路原本就是心灵的坐标。如飞地行走，流淌的血液早已染红身后的坐标。

带着疲惫，带着喘息，如椽的笔记载的不是风情，不是心灵的慰藉。记载的是灵魂地颤抖，心灵的感怀。越过高山，回眸走过的足迹，漫步岁月的河，竟是如此绝美孤艳。

心疲惫了，就想着回家。不知老屋门前那棵挺立百年的古槐，是否还在迎风而舞。只要没有遭受斧钺的戕害，就不会拦腰斩断。即便慢慢老去，魂魄也不会消失。

故乡近了。夜风里传来的喜悦，是父亲的咳嗽，是母亲的笑容。点上一堆篝火，将湿透的衣衫烘烤，火焰上跳跃的、舞动的每一个符号，都是甜甜的味道。

魂归何处，心归何地？故乡啊，游子期待咀嚼的味道，顿时散发出诱人的甘醇。曾经蜗居的每一处，流淌的都是抹不去的伤痛，抹不去的吆喝。

　　老屋就在眼前。手捧一掬泉水，洗净脸颊的风尘，然后将逝去的碎片抛向空中。

　　记忆的心弦，从此不再苍白。

信仰

怀揣一面镜子窥视，人生留下的每一个影像，不一定都是信仰。

手捧一份虔诚守望，身后留下的每一串足迹，不一定都是承诺。

思绪无休止飞扬，到达的高度，却会因堕落的思想而陷入病变。任何的恣意妄为，都是信仰所不齿的裂变。

假如你选择了一生的信仰，无论白天或黑夜，都要永远醒着。千万别睡。一定要醒着。睡着了，比邻的或许就是万丈深渊。

假如你失去了信仰，错乱的脚步就会在电闪雷鸣的季节，将你的身心撕得粉碎。即便你有万千光环，迷失方向的灵魂，注定背负的是伤痕累累。

何为守候信仰。不是简简单单写上一些无病呻吟的文字，不是信口开河在公众面前大放一番厥词。信仰是什么？信仰应该是一种永恒的品质。

肤浅与深奥、忠诚与背叛、智慧与愚蠢、生存与死亡，孕育的是截然不同的灵魂。如何诠释？人生所有的留痕，或是神圣，或是妖艳，或是丑陋。只要纯洁的心不被欲望所掳，灵魂就不会迷失方向。

灵魂深处的火，无处发泄。硕大的崖石上，雕刻下一串串别人读不懂的字符永恒定格。

触摸光明，信仰是悠长甜蜜的爱恋。

触摸黑暗，信仰是苦涩无味的罂粟。

光明与黑暗。两个孪生的姊妹，总是形影不离。当你打开阳光的门，黑暗的窗就会紧闭。当你摸到黑暗的窗，温情的屋子就会变得冰冷。

不敢去想。喧嚣的长廊，不知你能否守住孤独。守住孤独，你的灵魂就不会寂寞。

固守信仰的灵魂，燃烧的难道是焦土？应该不是。犁铧尖上，翻腾的、跳跃的，是一串串不甘堕落的智慧火花。

写在冬季

凛冽的风，将秋天所有记忆，一并带进隆冬的池塘。池塘涌动的涟漪，把思想无法表达的威严，狠狠抛向冬的深处。

水面的荷叶，欢快的蛙鸣，都在冬的淫威里蜗居幽幽的池塘。难道是冬的心胸不够宽广？可我庆幸能在冬的季节，咀嚼冬的语言，寻觅冬的温情。

站在大雪纷飞的荒野，仰视胡杨笔直的脊梁。胡杨在天地穿行的刚毅，没有留下一丝伤怀，一丝惆怅。而是将一切不快隐藏心底，慢慢培育出播撒理想的种子。然后在来年的春天，孕育出希望。

破开岁月的门，穿梭曾经遍布红高粱的原野，一层一层，一片一片，充满血腥的原野，显露的总是破碎的语言，等待柔情的抚慰。试图破译冬的密码，却总是无法解码。

嗅不到冬的味道，只有坐在热烘烘的炕台，围住暖洋洋的火炉，心才会有一丝温情。手捂在曾经被利刃刺伤的胸口，所有的恩怨怅恨，都在朗朗的笑声里化作云烟。

长夜燃烧的激情，让山的风骨变成点缀大地的帆，酿成万千飞扬的情。这是何等的深邃。读也读不尽。手捧陈年的酒，所有的孤寂伤怀，都在入肚的酒里化成激情的浪花，点缀安稳的夜。

冬的季节，能寻觅什么？扑面而来的风，传递的是万马奔腾的足音。静静地倾听，只要你能听到富有思想的乐章，心存的欲望就不会发芽。默默地等待，只要能等待到汹涌如潮的倾诉，心中的激情就会澎湃。

沿着重叠的足迹，挖出激情的种子，让它在冰封的原野悄然绽放。只要能把足印留在原野。

有帆，冬天就不会孤独。

想你的日子并不孤单

岁月的几多轮回，将满怀心事的记忆，留给孤单的思潮。守候在村口的老槐树下，牧童归来的放歌，相伴夕阳地余晖，将所有思绪包容的猩红的云彩，一刻也不曾消失。

站在老槐树下，思念犹如老槐树上的藤蔓，缠绕的是纠缠不清的痴迷。因为时间久远，记不起你熟悉的模样，只感到痴迷的等待里，流淌的是几经忧伤却又无法忘却的一帘幽梦。

繁星点点，山风吹来的几分寒意，透过单薄的衣衫，浸透过赢弱的身躯。仰望星空，忽然想问，哪里是我最终的归宿？假如我在困惑里迷失了方向，你还会像从前一样，与我温情厮守吗？

星儿眨着眼睛，似乎在微笑间勾勒出忧伤。我依然沉浸在痴迷的梦幻中久久无法醒来。紧闭双眼，走进另一个梦中。你依然是我心中最美的风景。

没有你的日子，我选择一个人孤单地生活。无论花开花谢，无论潮起潮落，泪花里飞扬的都是定格的美丽，都是定格的澎湃。只要你曾经的承诺不变，我的心就会紧紧相随。哪怕是天崩地裂，都会从容依旧。

总走不出你的影子，生命穿越的每一个瞬间，都有你的影子相随。真是怪了，难道我真的欠你的情？小鸟的呢喃，惊醒了我的梦。与你牵手的时光，早已成了尘封的往事。以往的悲情，尽管在笔尖流淌了无数个季节，可流淌的依然是浓浓不变的幸福。

花开花落。狂风席卷大地的残暴，没有一丝一毫的收敛。狂风里，我呆呆地站着，傻傻地等你。旅人异样的眼神看到的只是残缺的景致，读不懂的是我的心事。

说真的，与你走过的路我不想再走，与你听过的歌我不想再听。没有你的日子，深情缠绵的幸福时常在失眠的夜才品味得到。品味孤独，原本就是唯美的甜蜜。

想你的时候，笔尖上流淌的情怀，化作一句句别人读不懂的诗句，一首首别人读不懂的华章。那一泻千里的悠长文字，就是我对你无限的恋，就是我对生活满腹的惆怅。

我是幸福的人吗？泥土的芬芳里，你的微笑，始终是我挥之不去的甜蜜。你的心里，可曾给我留有一个位置。我无从知晓。要是留了，请接纳我火热的情怀。要是未留，就在熔炉里将我焚烧。

想家的季节

　　离家的日子久了，想家的感觉就越发强烈。目光穿透夜的帷帐，隐隐约约听到母亲急切地呼唤。

　　不敢去想，不敢去听。慌忙拉上窗帘，将疲惫的心与整日整夜煎熬的梦唤醒。站在书桌前，硕大的泪珠打湿厚厚的衣衫，打湿动情的心事。

　　放飞被激情燃烧的梦想，心存的幸福，沉淀归家的路。记忆里，故乡的那山、那水、那人、那景，都是甜蜜。

　　想家的季节，所有牵挂都在悲欢离合的思绪里游走。心存的感恩，如同故居烟筒袅袅升腾的炊烟，时时缠绕苦涩的心房。

　　漆黑的夜，不敢入眠。总怕一睡不起，倾听不到故乡的呼唤。流淌的思绪在蜗居的床上翻滚，一遍遍重复的私语，都是故乡安慰心灵的低吟。

　　子夜时分，阵阵花香袭来，纷杂的思绪被拉回现实。打开桌灯，突然发现多年未开的花儿绽放。难道这是天意？人生经历了暴风雨的摧残，正如这绽放的花儿，经历过苦难的孕育，绽放的都是美丽。

　　寻找失落的思绪，守望无法剥离的情感。斑驳石碑上雕刻的是沉重的文字，重重叠叠的是沧桑的记忆。捧着故乡的泥土，曾经血雨腥风的悲壮，成为旅人苦苦追逐的根。时光依旧，思想依旧。

　　不知故乡每一寸土地，是否还残留我的足迹。

　　不知故乡每一块山石，是否还雕刻我的记忆。

　　随意泼洒的写意，骏马腾飞的蹄印，早已穿越大山的阻隔，将思念装进行囊，飞向归家的路。

　　停不下飞奔的脚步，走不完蜿蜒的山路。大山背后，那缕缕炊烟，是深情的语言，是急切的呼唤。苦苦的母亲啊，您一定早早站在山路的尽头，等着儿的归来。苦苦的母亲啊，您要等就坐在家里，儿真的不忍看到您额头雕刻的苦难。

倾听凄婉的歌谣，不知是谁肆意刺痛我疲惫的心。不要抱怨命运的多舛，不要抱怨生命的不公。只要躺进故乡温情的怀抱，所有颠簸的思绪就会不再。

如果你想燃烧自己，那就躺在故乡温暖的土炕，守望母亲，呼唤你的思想，叩问你的灵魂。

触摸追逐故乡的梦，倔强的灵魂变得痛苦不堪。生命栖息的港湾，不知闪烁的是否还是故居那盏散发光芒的油灯。

远去的风景不再。记忆深处，注定是春华秋实。

相拥困惑

凄厉的风,在大地狂舞。掠过心头的都是尖鸣。是思潮过于固执,还是性格过于刚烈?那都不是。因为无瑕地心中,始终包容不下苟且偷生的呓语。

站立冰冷的湖面,洁白的冰面,似乎并不刺骨。刺骨的是无法言喻的愤怒。即便敞开胸怀,接纳的也是凄厉的风语。

总想固守纯情,总想保持绅士的风度,战栗抛洒出的片片血色,总是将美丽的梦埋葬。

相拥冰冷,无法找出电闪雷鸣的轨迹,虔诚地守望,也总是一次次被困兽驱赶。不语,不问,不闻。浮躁里选择沉默,风吹不倒,雨淋不湿。落地生根的是宣泄后的静默。

跨越过苍茫,无柄的剑,穿透的不是温情的诗句。穿越过苍茫,无弦的古琴,弹奏的不是亘古的温情。

回眸岁月留下的痕迹,青苔下掩藏的不是历史的积淀,不是波澜的浮尘,不是雾里看花,不是花海透雾。

挺起胸,不眠的夜,所有余音,都是幽幽的伤怀。你我厮守的,都是岁月的馈赠。

古堡

绝壁、峭峰、云雾、烟雨，构成的画卷，让古堡残垣断壁发出的唏嘘，点缀迷人的芬芳。

记忆深处，古堡是屹立的惆怅。相伴心灵的呢喃，穿越时空的愁语，闪现地是若隐若现的灵动。孤独，早已不再。

独守寂寞的古堡，多少往事云烟，似梦非梦，都成为生命中无法割舍的结，守望穿越不透历史的恋。

相拥古堡的寂寥，聆听古堡每一个空间散发的颤音，人们的痴情，都不是哭泣，都不是颤抖。灵魂已与古堡千年的颤音重合，进而凝聚成奋发的律动。

不甘忍受生命的折磨，总想站在断崖，一跃而下，相拥广博的大地。风风雨雨的思潮，却把固有的坚守，一并抛向缥缈的夜。

有人说，古堡是被风雨蚕食的废墟。有人说，古堡是威武不屈的坐标。我要说，古堡就是亘古不变凝固的历史。

古堡寂寥吗？应该不会。那直插云霄的山峰，那挺拔屹立的松柏，那环绕古堡的河流，都是古堡凝结的情怀。不信你听，连同那散乱的残砖碎石，都有思想。你随手捡起的一片瓦砾，都是不朽的诗。

斑驳，是古堡的肌肤。妖冶，不是古堡的秉性。让思想穿越古堡千百年不倒的墙，灵魂也会在茫茫的大地播撒下希望的种子。

让爱永生。

乡愁

一轮高悬的明月，将游子心头的感念唤醒。低着头，深秋的斑驳，撩拨起对故乡潮湿的记忆。

风的问候，月的呓语，划过相思的云彩，装满秋的行囊。尽管岁月无痕，游子眼帘闪现的总是回味悠长的甜蜜。因为离别故乡太久，所有的苍茫都包容在深深的伤痕里，无奈抚摸忧伤的心弦。

行走在秋的季节，看不见故乡的云彩，亲近不到故乡的山水。盛满美景的双眸，令人感到迷乱。漂泊异乡的痛楚，注定会让故乡的呼唤响彻长空。

不想入眠，我的记忆复活了。翻起身，把所有的疲惫抛向天空，电闪雷鸣过后，流淌的血依旧流淌。洒下一路的情怀，无暇顾及沿途的风景。星空下，摇曳的是唯有故乡才能读懂的惦念。

渴望回到故乡的怀抱，故乡啊，不知你胸中的激情，能否满足我的愿望。要是你肯接纳，就让故乡的水，彻彻底底洗涤疲倦的身躯。

天地苍茫。咀嚼着说不清道不明的愁肠。泪，早已干枯。尘埃落在身上，拍也拍不掉。难道它是在诠释岁月的无情？

遥望故乡的路，雄起的血性，如同飞翔的鹰，将故乡不绝的情感，放在白云深处。然后，悄然打开紧闭的心扉。

独上楼台，迎风而舞。情感的碎片，如同浮动的暗香，将故乡所有诱惑，托付给梦境。昏睡中，你能否感到故乡的温情？

一缕清风，一片云彩，一杯美酒，一轮明月，点缀湿漉漉的愁。远方的游子，真不知该用何种方式，寄托对故乡的思念。

武帝山随感

武帝山位于陕西合阳县，民间流传的许多汉武帝的传说来源于此。据传此山乃汉武帝升天成仙之地。该山也因建有"汉武帝祠"而得名。

——题记

连绵不绝的山峦，相伴黄河涛声，掩藏不住的都是你胸腔的怒吼，都是你用智慧指点江山留下的曲调。

松涛涌动的旋律，从山的一端走到山的另一个方向。漫山遍野都是你挺拔的风骨，铿锵的足音。细细品味山的风姿，松涛的暗香，它们皆因你昔日的传奇而荣光四射。

山有山的风骨，山有山的血性，山有山的倔强。朗朗乾坤，碧水缠绕的山河，难道不是你飘逸的思潮？

岁月的冷风，一层一层撕去你的衣衫。因为疼痛，因为冰冷，洋洋挥洒的意象间，你绽放的睿智，足以让所有后来者前仆后继地追寻。

苦苦地寻觅，煎熬中考量。人们总是探寻不到何为"神龙探海"，何为"金蟾鸣雨"？唯有"狮子柏"蛟龙欲飞的姿态，点燃人们对你追逐已久的敬仰。

茫茫云海，苍苍山岳。透过千年古柏的帷帐，刺穿云霄无数次的厮杀悲鸣，泼洒大地的都是疯狂过后绽放的柔情。

明月下独酌，苦苦地追忆，你挥杖指点江河的巨臂，那漫天遍野令人朝拜的风幡，都是令人敬仰的史诗。

踏雪追风，持剑攥弓。翻阅被冷风吹散的每一个季节，刀光剑影下孕育的都是热血喷涌的心跳。你独领风骚的雄姿，注定是千年咏叹的乐章。

澎湃不已的是豪情万丈的襟怀。

跌宕起伏的是云开雾散的铿锵。

面对你，即便是有人感到了骚动与不安，转过身，享受的都是寒冬过后的温暖。

陀螺

你无端地忍受一次次鞭刑的折磨，却总是永不屈服，始终以王者姿态，挺立不倒。

你一声声发自内心的颤音，总是面露微笑，不屈地笑傲江湖。

抡鞭者挥舞大鞭的瞬间，不知是困惑的发泄，还是委婉的提醒。每一次落鞭的瞬间，都有说不尽的苦涩。

或轻或重的鞭下，你每一次旋转的姿态，留下的未必都是伤痕，都是哀怨。而是追求生命自由的一种体验，一种追求生命自由的蓬勃。

挥鞭的人累吗？要说不累，那是假的。你看，他的衣衫早已湿透。要说不累，那是假的。你看，他挥舞长鞭的双臂也在不停颤抖。

面对人们双眼喷涌的烈焰，你的微笑，总能将挥鞭者心存的不快释然。连同他们的灵魂，也一并得到慰藉。

点亮一盏心灯，你每一次旋转发出的啸音，散发的都是刚强坚韧的气息。即便是挥鞭者反复鞭打，你伤痕累累的心都不会哭泣。

躲在无人的角落疗伤，长长地叹息过后，放飞的梦连同揪心的痛，定会飞舞到另一个美丽的云端。

听雨

　　站在雨中的华亭，将纷乱的记忆写在叶上。一面写上记忆，一面写上思念。然后抛向空中，让它随风逝去。不知记忆的帆，能否飞进你的心扉。

　　雨雾是迷离的围裙。你的影子，若即若离，虚无缥缈。你的眼神，你的风韵，我一刻都不曾忘却。日记上大写的唯美，都是为你而作。

　　雨雾里，你款款走来。望着你，我的笔速加快。唯恐漏掉你每一个微笑，每一个眼神。渴望醒着。只要醒着，你就不会消失。

　　雨雾里，远方的竹林沙沙作响。那是竹子在风骚地展示婀娜的身姿。把目光收拢。我感到竹子拔节的痛。

　　思绪随着雨点时快时慢的节奏纷飞，无法穿越往事的取舍，将甜蜜的梦击碎。既然留不住你的春晖，就不必强留。放弃，也是一种解脱。

　　叶，随风、随雨、随着思潮不知飘向何方。如果能飞到你的眼前，你一定不要去捡，要给自己留下一份坦然，一份自由。如果捡起了，那就是一种束缚。

　　心语在雨珠里游弋。久闭的院门始终没有打开。一切渴望的尽善尽美，都变成如注的泪珠，让心存的憔悴，在风雨中飘零不定。

　　孤独地品味，难道是我，伤害了美丽的风景？

思念故乡

对于故乡的记忆，是整日整夜如歌如泣的思潮，是整日整夜苦苦萌动的情怀，是整日整夜经久不绝升腾的甜蜜。

站在漆黑的夜，不知故乡的夜是否也是同样精致。只感到远方一道道沟壑如同故乡的脉搏，一条条河流如同故乡的血脉，一座座山峰如同故乡笔直的脊梁。

俯视山崖下的路，川流不息的车辆，都在寻找各自不同的方向。一次次颠簸，迂回缠绕的都是回归的路。

注视远方冉冉升起的炊烟，炊烟如同母亲含泪的牵挂，如同爱妻温情的絮语，如同孩儿急切的呼唤，将难以割舍的守望，颤抖着带向故乡的胸膛。

行走在归家的旅途，归途总是遥遥无期。故乡啊，不是我迷失了方向，不是我想得太多。归家的路途，我不想让对我牵挂，对我思念，对我期盼的人总是煎熬。亲人啊，你不要伤怀，更不要流泪。哪怕世事沧桑，漂泊远方的游子，都会款款回归你的怀抱。然后用所有的温情，点燃原野的秋，让大地与我一起品味故乡所有的甜蜜。

在别人眼里，故乡是贫瘠的。贫瘠得几乎让所有的人听了都摇头不止。其实错了。昔日的贫瘠并不代表永久的贫瘠。躺在空旷的山野，如同躺在母亲的怀抱。你听，耕牛嚼草的声音，如同母亲美丽的歌谣。我知道，每年的夏，你都在经受雷雨的摧残，都在经受近乎死亡的折磨。阵痛过后，你品味的总是雨后彩虹般的灿烂。

背着轻飘飘的行囊，穿行被人们亵渎了的土地，我并不感到苍茫。默默收容所有人对你的亵渎，我突然感到：人们对你的不敬，其实都是徒劳。你灵魂呐喊出的颤音，就是最好的回答。有着彼此的厮守，你不必在意那些无聊的言语。

月是故乡明。有人说，落叶归根是游子亘古不变的信念。有人说，云卷云舒是漂泊者选择的硬朗。不是吗？潮涨潮落的每一个瞬间，都在缝合人们无言的痛。故乡啊，你也不必背负沉重的枷锁。

故乡的生命，古老中彰显年轻。只要你随手捡起一把青草，它就会低吟出一段美丽的诗句。不管你背负了多少沉重，不管你流了多少泪水，沉甸甸的泪花，都会绽放出幸福的火花，告慰圣洁的土地。

推着岁月的磨盘，走进厚重的历史，磨盘上流淌的是飞翔的旋律，是低声的吟唱。故乡的一山一水、一木一草，都是鲜活的生命。你能读懂吗？

关于故乡记忆的片段，越理越乱。因为离别太久，完整的画面早已不再。当甜蜜的梦化作一道道美丽的风景，我才明白，思念故乡，不需要理由。一阵轻风，吹醒甜梦。顺着思念的河流，我才真正揣摩到漂泊的内涵。

我回来了。踏上故乡的土地，故乡的气息连同亲人们炙热的目光，将我疲惫的身心融化。大地回旋的足音，顷刻占据了我的心房，让爱绚丽而惬意。

相拥故乡，故乡并不是人们所说的苍茫。

守望星夜

细碎的步履，将小巷从安逸中惊醒。寒风夹带弥漫夜空的脂香，扑向小巷每一个角落。

幽暗的灯光，点缀的不是你的痴迷你的温情，点缀的是我的醉意我的迷蒙。寻找撒落黑暗的印痕，背影流淌的唯有被你如箭目光刺透的冷意。被酒精麻醉了的身躯，幻想的就是刚烈的身躯不被荒唐的流言击倒。

诱人的脂香，不知为谁绽放。久久缠绕的风景，无法将心存已久的激情点燃。不敢妄自菲薄，不敢闻香起舞。寒夜承载的光芒，无声地将心的絮语驶进期盼的港湾。然后，无声无息地让灿烂点缀笑脸。

守望缕缕相思，为何你总是深锁阁楼。甜蜜的梦在寂寥的夜空盘旋，试图寻找望穿千山，望穿秋水，望穿前世今生的邂逅，浓浓的迷雾，却将深深的思念镶嵌冰封的小巷。

站在漫天飞舞的雪中，任由风雪吹打苦难。黑夜诉说的不是卑鄙的流言，不是失败的颤音，而是内心的感怀。

黑暗的夜空触摸你的灵魂，请你不要欺骗我固有的单纯。所谓坚守，只是让牵挂能与黑暗碰杯。

捡起撒落一地的记忆，喧嚣成为冰冷的色调。挥挥手，该去的一定会去，该来的一定会来。

枕着平淡的记忆入睡，温情流淌的是不曾放弃的誓言，不曾忘却的追随。

梦醒了。夜依旧温馨，依旧灿烂。

手捧花香

　　手捧娇艳的玫瑰，苦苦守候在你归途必经的街口。尽管忍受别人异样的眼神，却总是不见你的倩影。街口没有一丝风，没有一丝喧嚣，唯有我的呼吸与大地共鸣。

　　没有人知道，等待你的心是何等凄美，何等幽怨。刻骨铭心的情怀，难道如此脆弱？泪花点缀的诗句，你能读懂吗？

　　仰望苍宇的博大，回眸大山的伟岸，岁月留给我的信念，是如此坚定如此豪迈。难道你要把温存的思念抛向黑暗？

　　你的双眸不必流泪。即便黑暗将我的生命吞噬，漂泊的灵魂也会在黑暗里刚烈如剑。不知道你曾经走过了几多轮回。没有玫瑰花香的日子，心的寂寥，心的苍白，注定会缠绕生命最悲情的季节。

　　花开花落。不知道你染香的衣襟，到底温柔了谁的心弦，饱含对谁的思念。看不清你的颜容，始终渴望能得到你一丝的温存，哪怕是强装的一丝笑意，也感到满足。

　　带血的文字，带血的记忆，孤零零飘向街口深处。苦苦寻觅什么？伸出手，还未触摸到你的气息，你的身影却在夜色里消失得无影无踪。花开的香味，与我无关。

　　漂泊的旅途，原本沉重的步履不再沉重。枯叶狂舞的小巷，忧伤的泪不再流淌。生命的桔灯，点燃的是灵魂新的朝觐。

　　相思的夜晚，不敢凝视窗外的月光。因为我怕不争气的眼帘又会泪泪流泪。你柔软的唇，是否还温情依旧？

　　天涯海角的呼唤，海枯石烂的啸音。不敢想，更不敢回应。假如你的灵魂已经死亡，我的肉体必将化成一座雕塑，苦苦守望远方的河。

品读九龙山

九龙山位于榆林市神木县城东，因层峦叠嶂，岭脉逶迤九重，游走如龙，故又称九龙山。据史料载，山上建筑明代时已初具规模，清代至民国为鼎盛时期。其地理位置独特，建筑庞大，以雄险取势，加之僧道云集，曾名震塞外，是周边地区很有影响的古刹和名胜。

——题记

繁忙之余，最惬意的事莫过在喧嚣的空间，搜寻一方宁静，让烦躁的心有一刻短暂的栖息。然后在宁静里沉浸，感悟万事万物的从容。一个周末，决意淋着雨，登九龙山，寻古探幽。

九龙山位于陕西榆林市神木县城东侧，岭脉逶迤九重，游走如龙，南岭高峰矗立，酷似龙头，中穿两孔如目，每当旭日东升，"龙眼透日"甚为壮观。故此山因此而得名。

踏上山路的第一个石阶，由近至远是众多善男信女叩拜神灵虔诚的背影。此刻，我的心顿时感到一种莫名的虔诚，思绪也在恬静里回归生命的本色。

雨下得不是太大，朦朦胧胧滴着。林间的沙沙律动，叶上滑落的水珠，枝头小鸟的欢叫，一同融入安逸的色彩，融入缥缈的雾气。特别是千年古柏相映的仙风古道，更给宁静的山道蒙上一层悠远的意境。行走在如此美妙的小径，难道你还深陷迷茫？我想不会，人们感悟的一定是满怀的肃穆。

登上半山腰的斗天门，眼前是一段平坦的石径。回望身后台阶上留下的足印，我不由放慢了脚步，唯恐沉重的脚步惊醒空灵的静寂。距离龙眼不足百米，我竟足足走了大半个时辰。

转身望壁，峭壁上雕刻着"还我河山"四个苍劲有力的大字，令人们的思绪不由穿越战火纷飞的岁月。将悲情的文字收藏心底，不必叹息，更不必遗憾。时光的记忆，早已将岁月所有的潮起潮落，定格成淡然的微笑，丰盈的感动。

爬上曲径通幽的龙头，龙体欲飞欲卧，龙头仰视寰宇，意境悠长。一花一草，一树一木，都在恬淡无求的气息里随风而舞，不卑不亢。

沿笔直陡峭的台阶而行，经三官庙，穿三天门，越九龙壁。那错落有致的玄帝宫、七佛洞、万佛洞、龙凤洞，我不敢进，唯恐洞悉世间万物的佛祖看穿我的心思。在这烟雨笼罩的圣地，我感到种种神秘的气息。

依峭壁断崖矗立而建的是一座宝塔，塔高十三层，一柱擎天，连接云海，傲视群雄，名曰"麟宝塔"。登上麟宝塔，映入眼帘的是环塔而建的庙宇群楼，钟声缠绕，恢宏磅礴。远山是层林含黛的羞涩，是烟波缭绕的呢喃。此情此景，妙不可言。

沉浸在风铃的吟唱里，一首首动情的歌谣将疲惫的身心洗涤，乃至净化。是啊，岁月的沉浮里，我们都不是随波逐流的看客。

远方传来的阵阵涛声，与风铃的吟唱交汇在一起，我的心在自由自在地飞翔，飞过了迷茫，穿越了沼泽，落在了一方宁静的港湾，无拘无束。

遥望远方，古柏上缠绕着条条飞舞的丝带，让我的心底产生了一种最美好、最虔诚的心愿："希望在困惑、迷茫的季节，那仰视寰宇的龙头，能点燃人们心里的明灯，让所有的人都不至于迷失方向。"

回归的路途，听着惠泉龙洞汩汩的水声，我久久不想离开。相伴流淌的泉水，泪也不由掉落在光滑的石阶，与朦胧的雨滴融合在一起。沉思里，我真正感悟到了人生的超脱。

暖春记忆

一道黎明的霞光，将隆冬的煎熬，抛向冰冷的大地。霞光透露的每一个信息，都是薄雾掩盖的羞涩。

步入暖春，你为何还要任性地让隆冬的炭火燃烧。难道暖春的季节，你还要背负寒冷。要是那样，你不妨打开窗户，阳光透露的每一丝孤傲，抖落的定是暖洋洋的禅意。

踏雪寻梅，原野孕育的是一种超脱，一种悠然自得的怦然心动。哪怕是隐藏的忧伤，装载的都是执着，收获的都是温情。你不要郁闷，更不要失意。花开花落的每一个瞬间，包容的都是欣喜。如果你要叹息，结局一定不会完美。

置身暖春的梦幻中，你不要沉迷，更不要堕落。静下心默默丈量走过的路，是非曲直，都是烈焰焚烧的砖石。

春暖花开的季节，不要找不快乐的理由，只要你敞开歌喉，吼上一曲黄河的九曲回肠，所有不快，都与你无关。

放弃心存的忧伤。不要伤害自己，不要伤害别人。你记住了吗？

暖春，会给你一个温情的吻。

听海

大海犹如一面玉镜，镶嵌地平线的远方。海市蜃楼的盛景，犹如缥缈的仙境，激发起无数探海者深邃的思考。

既然是来赶海，就不要羞涩。你就在薄雾缭绕的仙境，好好地享受大海的温存。

不要言语，不要大声喧哗。你要小心翼翼，免得被温柔的、奔流不息的、连绵不绝的浪涛，抛向大海。

舞者之舞的思想，在浪尖跳跃。跌落谷底的是天涯海角遗落的痛。

喧嚣在波涛上翻滚，所有的意境，都无法用充满智慧的双眸窥探。漂泊大海的只是被鞭刑撕裂的身躯。

你要相信，大海的冷漠，是温情的拥抱。假如没有冷漠，你的灵魂肯定不知如何安放。

任由浪涛挤压倔强，即便是肆意妄为的飓风，也会给灵魂留出一方栖息的宁静，不再让你受到无缘无故的戕害。

享受浪尖上的快感，所有世俗都会变得渺小。与涛声私语，倾听到的是纯真，是不惧暴力的快乐。

渴望躺在浪尖上一睡不醒。打在脸颊上的水珠，又是谁的泪花飞扬？

灵魂的穿梭

1

一曲曲荡气回肠的呐喊，倾诉着隐藏心灵深处的情怀。

一滴滴晶莹剔透的泪珠，点缀着抛洒山路深处的暧昧。

不知余留的残香，是否还在你的唇边。坐拥云端的缠绵，是高处不胜寒的惬意。美妙构筑的恋，可否成为相爱的种子。

悲欢离合，相依相拥。难道也是虚情假意的应付？

留一半清醒，留一半醉。不知是流水无情，还是落花有意。梦想的天空，星辰点缀的甜蜜是耳际盘旋的絮语。

睁开双眼，黑暗中奔涌的是经久不息融入血脉的泪，淹没的是背叛誓言的苍白。

相拥破壳而出的黎明，黑暗中若隐若现的灯火，燃烧的是生命的另一种意境。

2

不知面对生命困惑交织的尴尬，你会选择何种方式应对。枯萎的树木花草，并不会因你的重新选择而枯木逢春。

玫瑰既然在烈焰中绽放，它仰望灵魂的孤傲就会一如既往。切肤之痛，定会让它再一次亲近阳光。

面对空旷的原野，难道你要选择逃避？我绝不会。即便是熊熊烈焰将我焚烧为灰烬，我的灵魂都会留下生命的洒脱。注定，我不会活得太平凡。

千年回眸，苦苦等待美丽的邂逅。期盼与你一生一世的相濡以沫。

天大的玩笑，让百年的倾情千年的相思，葬送你的一生一世。

倾情的诗句随风、随雨、随梦而去。再一次的游离，优雅早已不是你的姿态。

试问漂流大海的小舟，何时才能真正杜绝无知的诱惑，远离流言蜚语的世俗？

试问漂流大海的小舟，何时才能真正找到栖息的港湾，守住充满温情的心门？

3

忽远忽近、忽明忽暗的地方，似乎总有你的影子。一帘幽梦的羞涩，地久天长的追梦，只是美丽的传说。

爱与被爱，悲欢与离合，都是刚烈的诗句。何为心灵深处最为触动的痛？是倾心的恋，还是忧郁的情？谁能读懂，谁能猜透？

痴迷在梦中，圣洁的花魂沉睡在梦魇里，将满怀的心思荡漾迷茫的思绪，然后一并隐藏深深的荷塘。

你要倾诉吗？还是免了。仔细听听隔世的音符，前世今生堆积的永恒，在凄婉中遥不可及，成为别人的风景。

你要倾诉吗？还是免了。悄悄打开尘封的信笺，沉淀了无数个日子的涟漪，在叹息中撕心裂肺，沦为悲戚惆怅。

遗梦不再。暖意的阳光下，你可否再送我一程？要是送了，我就不会感到寂寥。要是不送，我也不会心存忧伤。

挥袖遮挡夕阳的最后一抹云彩，沧桑的情怀我掬水作别。广阔的天际，我选择灵魂的自由穿梭，留一半清醒留一半醉。

距离

距离把遥远的思念，深深定格高原一隅。思念太深，一切距离都不再是距离。高原的眼神，不知你能否读懂。

躺在高原怀抱，把所有思潮书写成笑而不答，读也读不懂的文字。距离、思念，都是无法用文字描述的。

你读懂了吗？高原风情缠绵的眼神。要是没有读懂，你就将漂泊的思绪停泊。然后虔诚地跪拜高原，让高原的幽怨抒写温情的飘逸。

站立高原，笔尖上流淌的是悲欢离合快乐煎熬的文字，描述的都是难以割裂恋恋不舍的相思。残存的梦境，埋藏的都是清风笑谈的心事。

与高原相拥，高原隐藏的秘密，读也读不懂。将心安放何处，盛满旷世牵挂的云彩，点缀的是繁星拥抱的红叶。前世乃至今生，都是对高原虔诚的守望。

无须多言，无须悲伤。屹立的高原，折叠一抹春暖花开的回忆，把洁白的旅途镶嵌进春夏秋冬的围裙。你是否不再倾听高原的咏叹？如果你放弃了倾听，缠绕高原的愁，定会坠入月光笼罩的风景。

天堂的梦境有高原敲开，心灵的惆怅有高原包容。走过了春，你是否漫过了夏？高原不倒的旗帜，不知你可否仰望。云端奔涌的清泉，那是高原围裙的舞动。

万物沉寂，高原回眸的痴迷，让清风播撒一粒粒饱满的种子，醉倒山涧。

把灵魂融入高原，高原摇摆的舞姿，张扬的是惊鸿一瞥的禅意。

今夜静静想你

又是一个温馨的夜。巧的是今年的情人节与元宵节重合在了一起。

孤单行走在雪花漫舞的小巷，高悬的灯笼注视小巷的每一个角落。一对对情人手持玫瑰紧紧相拥的情调，把小巷所有情致点缀得柔情万千。

看着一对对甜蜜的情人，孤单的心怎能不感到幽咽？传统佳节，漂泊远方的游子不能在家陪伴慈祥的母亲，不能陪伴相爱的妻儿。苦苦的思念，只能被喧嚣点缀成悠长的回味。

晶莹的雪花，将小巷覆盖成银白色的世界。一对对情侣全然不顾，依然忘情地相拥在一起。当"我爱你"的呼喊响彻整个小巷的那一刻，所有人家紧闭的窗都打开了。从窗户里伸出头来的长者，也被甜蜜瞬间感染。

从一对对情侣的身旁走过，人们不敢呼吸，唯恐惊醒沉浸在甜蜜里的情侣。我不敢妄自猜想，他们今后的日子会如何度过。此刻的情却是真的。是甜蜜的琼浆，是灵魂的碰撞。

玫瑰的花香沁人心脾。从指间飘向情侣彼此的唇，是悠长的甜蜜，是万千的温柔。无法用笔墨记录下此刻最曼妙的音符，只能将所有的心思收拢，用心感悟寒冷刺骨后春满天地的浪漫。

苦苦地等待，等待曾经给过我风情的那粒种子，那是一场花开花落的怅恨。将苦苦的思念放飞，片片飞红过后，都是飘然若梦的殇情。

今夜，我静静想你。春暖花开的季节，我期待一生一世的相依。那亦幻亦梦，亦真亦假的片段，早已停泊记忆的岸。

岁月如歌

爱你爱得好痛

行走岁月的风口浪尖

真的没有十足的勇气对你说：我爱你

因为所谓的爱情，早已被世俗涌动的浪涛

冲击得千疮百孔

可你窗格上的风铃啊，却依然响个不停

苦涩里，我诅咒这个季节

充满诗意的风景里

好想触摸你迷人的双眸，可是我不敢

唯恐我的不敬，惊扰你的甜梦

站在惊涛拍岸的礁石上，飘落的泪

是我燃烧的情，可你却无从知晓

苦涩里，我诅咒这个季节

好渴望拥有一把钥匙

能打开你的心门，恣意的风尘

却无情刺痛我的眼睛，惶恐里

我没有勇气，重新扬起欲飞的翅膀

只能收拢狂烈的思潮，静静感受无情的风尘

苦涩里，我诅咒这个季节

黑暗里，嘴唇的战栗

掩盖不住灵魂的灼热，倒在黎明里

缠绵的风情不再，唯有我的灵魂乱舞

或许已经腐朽。书架上摆放的一部部绝世经典

是褐色的调料，是读不懂的温度

苦涩里，我诅咒这个季节

回家的路，避不开电闪雷鸣

趴在冰冷的岩石上，任由热泪满眶

一滴滴泪花，犹如滚烫的岩浆

焚烧你我心里的明灯。不知何为爱情

睡梦里那悠长的敲门声，难道是你留下的种子

苦涩里，我诅咒这个季节

行走在踌躇里，我在质疑岁月

为何半生已逝的每一个季节，总是留不住你的心海

难道每一条暗流涌动的河，都不会让我上岸

含泪注目你额头皱褶的美丽，为何昔日的诺言

总是一次次被风吹散，然后无影无踪

苦涩里，我诅咒这个季节

怀揣着对故乡的思念

飘飞的雪花，如同故乡的唠叨，不停敲打着窗户，将游子幽怨的心思，弥漫整座孤寂的小屋。

窗外狂舞的雪花，它的姿态不知是倾诉，还是欢娱。每一次倾情定格的倩影，如同沉醉爱河的淑女，如醉如痴，异象万千。

疲惫的目光不再，刚强的影子犹存。深深呼吸远离阴霾的空气，小屋装满记忆的种子，静悄悄发芽。春的轮回，似乎就在眼前。

掬一缕纯洁的雪花，爱的惬意顷刻包围了整座屋子。不知痴迷的季节，守候的可否还是断桥揽月时的甜蜜。

雪花漫舞的夜空，让门前深深的小巷寂静无比。小巷越是寂寥，家的味道越发疯长。故乡啊，为何你总要在我的心弦留下湿漉漉的甜蜜，湿漉漉的记忆？

点燃一支火把，照亮漆黑的夜。思念故乡的心语在彻夜煎熬里不断延伸。焦灼的思绪里，穿透时空的是任由你我主宰的缠绵。

走不出故乡的河，走不出故乡的山。那就在蜗居的小屋留一隅天地，让漂泊的心栖息。淡定连同刚毅也会在柔和的灯光下，卸下盔甲。

将烦恼抛向雪花点缀的苍宇，心头的丝丝暖意，早早划破冰冷的池塘。一曲曲欢歌依旧。生命的每一个轮回，不知你能否放下幽怨的心事，用虔诚守望故乡的河。

手握一根根红线，红线如同岁月的缰绳，将刻骨铭心的残缺，牵到舒坦的旅途。

故乡在岸边，我在船上。彼此守望的都是甜蜜。

行走荒原

　　背负满身的债，漫无目的行走在被烈焰焚烧的荒原，始终不敢跨进紧闭的家门。淌在额头的微笑，早已随荒原焚烧的激情凝固。不知美丽的家园，能否接纳我的罪责。

　　行走荒原，一曲撕心裂肺的歌谣，不知是哪位钟情的汉子在倾诉几多情怀，不知是哪位怀春的姑娘在呼唤万千真爱。那一声声震撼人心的歌唱，冲撞的是有情人心灵深处的呢喃。

　　有人说，信天游倾吐的是荒原凝结了千百年苦难的历史；有人说，满目裸露的脊梁是荒原云卷云舒的诗意。其实不然，荒原经历的风雨，荒原流下的泪花，都是温情的絮语，刻骨铭心的追随。

　　荒原既然在燃烧，就让它尽情燃烧。既然回来了，就让燃烧的烈焰尽情焚烧我的肉体。我的灵魂一定会在烈火焚烧的熔炉中，品味岁月的刚毅。

　　赤裸奔走在无际的荒原。没有风，没有飞鸟，也看不见人迹。荒原如同一张巨大的网，编织或是冷漠或是刚毅，或是威武或是不屈的雕像。

　　记不清荒原的岁月有多老，理不顺荒原的血脉有多长。不老的荒原啊，缠绕你的那一条条逶迤的河流，点缀你的那一缕缕飘飞的炊烟，震撼人们的那一幅幅不朽的画卷，早将你的年轮定格。

　　挚爱的荒原啊，请接纳游子的虔诚。漂泊远方的游子期盼早早回归你的怀抱。

　　你愿意吗？我含在嘴里捧在手心的梦。

海滩

蔚蓝色的海，镶嵌在南太平洋中。作为旅人，我有幸投入她的怀抱。

海是有生命的。

白天，灵动的海，时而惊涛拍岸、桀骜不驯；时而回旋倒流、风情缠绵；时而如野马脱缰、一往无前；时而静如处子、面露羞涩。

入夜，蓝色的海似乎比白天温顺得多。没有风，海滩上浸润的是温情的暖色调。那一层层、一波波轻吻沙滩的浪花，那一圈圈、一次次舒展的涟漪，让人感悟着何为挂肚牵肠。

躺在沙滩上，远方灯塔照射的光波与皎洁的月光融合，如同勇士前行的航标，射得很远很远。贪生怕死者的灵魂，在它的照射下躯壳被抛向海的深处，永世不能翻身。

夜的沙滩是寂寥的，寂寥里相伴快乐。好想静静入睡，远方一对对情侣显得激情无限，他们点燃一堆堆篝火，疯狂地唱着、滚打着、嬉闹着……他们的欢闹，给寂寥的海滩增添了不少浪漫的色彩。

望着年轻人的嬉闹，我的心似乎也年轻了许多。望着年轻人的无拘无束，我的思绪也翻腾着、跳跃着。隐藏在心灵深处丝丝的芬芳，也将我带回那段无法忘却的记忆。

望着柔情的海浪，我默默回想，回想着你曾经并未拒绝的浪漫。要是你在，失去的一切不知可否还会从头再来。

望着宁静的沙滩，我漫长沉思着，你要是能够拥抱黑暗，你就是我心目中的强者。假如你逃避不了黑暗，所有甜蜜，都是经不起考验的苍白。

面对大海，我不敢有丝毫奢望。心存的愿望，就是能够躺在大海的胸膛，手捧一缕月的纯洁，寄托万千的律动。你读懂了吗？读懂了，就在浪尖刻上你的名字。

　　远方的灯塔，在云雾里闪烁着光芒。云雾里，我似乎看到你的影子在浪尖飞舞。难道是我错过了时光？要是错过了，你不要叹息，更不要记恨。因为我在悄悄地等你。

　　收拢放飞的思绪，我不敢左顾右盼。生命的历程，今生注定欠你一次幸福的拥抱。请你记住，哪怕是跋涉千山万水，我也要给你一次温存。

　　春帘幽梦，你的呢喃，我的叹息，都是凄婉的梦影。月圆月缺，都是永恒的恋。

　　幽咽里，点燃爱的红烛，让它永远不灭。

行走高原

行走高原，踌躇的足迹，曾经的约定，点缀神圣的意境。那山顶的积雪，高翔的雄鹰，奔跑的烈马，妖娆的梅花，都是高原不绝的生命。

行走高原，孤单的你肯定不会再孤单。高原每一块冰冷的崖石上，雕刻的都是刚烈。行走高原，不知你看到的是博大，还是宽广。而我感悟到的是高原的另一种凝重。

远方，一只只飞翔的雄鹰，义无反顾地扑向山崖。它们用坚硬的嘴，在山崖上雕刻着高原的印象。即便是嘴裂了，也要用锋利的爪子，继续雕刻……鲜血绽满崖石的每一个瞬间，炫耀的都是生命对高原的不离不弃。

行走高原，你一定不会感到苍茫。峻峭的山峰上，只要你呼喊一声，高原博大的胸襟，定会将你的酸甜苦辣痛快地接纳。你渴望的图腾，定会在陡峭的石缝间绽放耀眼的灵光。

行走高原，你就将所有的私心与杂念抛弃。如果你心存私心，高原的烈风定会将你的灵魂撕得粉碎。如果你心存杂念，雄鹰刀剑般的利爪定会将你龌龊的肉体刺得鲜血淋漓。

行走高原，刚毅不经意间带走了不快的心结。疼痛早已不再，激扬文字记载的是愉悦。

点一堆篝火，让烈风见证高原夜的襟怀。忽明忽暗的篝火，绽放的是生命之光。有篝火的地方，注定不会充满血腥。

作为旅者，你千万不要将思绪游离高原之外。你要是敢让美丽的思绪抛锚，爱的篝火定会将你的衣裳焚烧成一堆尘埃，让你体无完肤。

沉寂的高原，那篝火，如同灯塔，拴住的是充满温情的港湾。添一把柴火，让篝火烧得更旺。跳跃火苗尖上的是绚丽是斑斓。相拥诱人的火苗，黑暗中舞动的一定不是无耻的流言。

　　沉寂里，撕下一页日历，等待黎明到来。高原定格的那山、那水、那人依旧。

大地行吟

1

高山之巅，白云缠绕。雄鹰以冲锋的姿态俯冲向山崖。顷刻间，山崖上留下一抹猩红。

难道是雄鹰的翅羽被锋利的崖石撞伤？应该不会。以它翱翔的姿态，掳去的应是猎物。那一抹猩红亦是刚烈。

捡起一块冰冷的石头，硬生生抛向远方。石块穿越白云摩擦的火花，犹如流星划过天际的风驰电掣，在天空绽放出一道斑斓。

仰着头，注视那一抹猩红。白云深处，是雄鹰穿越云端的絮语。把思绪放飞远方，身后的凌空，是雄鹰盘旋撒欢的野性。

触摸季节的凄美，品味的是岁月的煎熬。抬起脚，纵身一跃，以飞翔的姿态，坠入谷底。身后，留下的声声尖叫，亦是生命绽放的美丽。

既然忘却不掉大地的牵挂，那就让灵魂与大地融合。捧起一把黄土，撒向云端，天被踩在脚下。

默默地祈祷，灵魂绽放的唯美，是疯长的麦穗，是疯长的记忆。

无法用语言表达情怀。那就让凄苦，倾诉灵魂的狂放。

2

无论是肥沃的土壤，还是不宜生存的沼泽，既然是一粒种子，那就尽情地随风飞舞，无论飞向何处，都会有生存的土壤。只要胸怀广阔，额头的皱纹间，定会绽放美丽。

燃烧的烈焰，既然是永恒的温度，何不尽情相拥？夕阳、青山、云彩、冰冷，都是一道道永恒，都是隐藏的心思。

寻寻觅觅。只要有一把钥匙，就能打开隐藏的心门。一粒种子，每一次绽放的故事，不是隐藏在花蕊幽香的幽兰里，就是隐藏在云端交替翻腾的舞姿间。

赤裸裸站在苍茫大地，一声声刺穿耳膜的嘶鸣、尖叫，难道真的与你我无关？放飞冰冷的思潮。收获，一定不是反复无常的冰凌花。

不要说春的絮语与你我无关，不要说季节的嬉闹穿透不了你我的胸膛。每一处或是快乐或是幽咽的缠绵，注定都是生命狂放的语言。

起舞弄清影，把酒临风去。执一壶老酒，满屋子的温馨，满屋子的浪漫，镶嵌的都是真情满满的琐碎。

不应有恨。一粒粒种子散发的幽香，一朵朵云彩绽放的舞姿，都是你我追逐的不舍。

此刻，月满情深。

3

凄厉的风，从一道道山口呼号而出，无情地肆虐大地的风物。每到一处，都是一片凄凉。这是为何？

恍惚间，山峦的缝隙间，呈现一处迷人的秋色。那花，那景，那一处处炊烟，一群群牛羊，把冬的颜面踩得荡然无存。倾听悠扬的笛声，感受云彩的亲吻，人们深陷大地涂抹的颜色里，缄默不语。

由远及近。吹过的山风，被叠嶂的山峦层层阻挡。烈风涂抹的颜色，与山泉叮咚作响的欢腾融为一体，连成一片。山脊间，那不经意吐蕊的嫩草，欲滴的朝露，难道是惬意微笑涌动的泪花？

眺望山，山刚烈。那是父亲笔直的脊梁。

触摸水，水柔情。那是母爱温柔的亲吻。

躺在牛背上，在暮色里贪睡，一切嘈杂与纷繁，喧闹与浮华，都在挂满微笑的脸颊，义无反顾地笑走云天。盈满的每一句梦呓，注定都是棱角分明的文字，烈焰燃烧的快乐。

无需用多余的话语诉说。敞开心扉，石头绽放的热情，是一清二楚的表白，而不是一具具虚假的外壳。

阳光洒落了一地。燃烧的烈焰，与温度无关。

记忆里的温度（外一首）

走在弯弯的山路上，注定我们有一次邂逅

倾情依偎的那一刻，注定会是青涩的果子

将满腔的温情，隐藏在疯长的杂草里

路人异样的眼神，依然掩饰不住狂烈

一路狂奔，意识的惊跳

是穿越时空的痴情。凄婉相约

苦苦的恋，飘过一个个苦难的山坳

将你的影子，化成不可触摸的海

浸润我的无眠。山风依旧

被你掳掠的灵魂，不知是欢愉还是幽咽

缓缓地起舞，咀嚼缠绕耳边的声音

每一首山歌，都是跳跃的唯美

守夜

囚禁的思想，在老屋屋檐下

绽放成密密麻麻的生命之藤。偌大的创伤

被老屋屋檐下散发的暗香，点缀成优美的诗句

悠悠盘旋老屋每一个角落。隐藏不可忘却的记忆

紧闭的房门没有打开。我不敢去碰

一碰就痛的感觉，那是刻骨铭心的爱意

温情的故乡啊，请原谅我的固执

手捧故乡的每一朵云彩，打磨的都是马头琴流淌的呢喃

今夜，我不会哭泣

今夜，我不会失眠

歪歪斜斜的影子，回应的是岁月四季轮回的欢歌

不要计较过去。毅然把一切黑暗抛弃

清辉的尘垢，肯定不是背负行囊的喘息

临风听雨，消瘦的岁月更值得相守

内心的那条河流

1

每一个宁静的夜,我都会迎着月色

渴望倾听你缠绵的絮语

冷风,却每每将我狂烈的思潮

抛向夜的深处,让无尽的黑暗

蹂躏我疲惫的身心,远方的你啊

不知是否已经入眠。含笑的梦境里

可否记得我的倩影

2

回首告别又一个季节

岁月编织的苍凉,是隐藏心灵深处的痛

浮动的你那娇羞的容颜啊,绝不是幻影

在夜色里打磨,打磨我的渴望

那泛光的泪珠啊,是你不忍我离去的忧伤

寂寥地听鸟儿的嘶鸣,胸腔填满的是无尽的煎熬

我的思绪带着火焰,为何总是凋谢

你谜一样的冷峻,不经意间扎伤了我的脸颊

我的渴望,连同煎熬

翻滚着、咆哮着,被冷艳收拢远山深处

所有的柔情蜜意,早已化作千年一叹

3

反复地咀嚼，咀嚼春的气息

记忆深处的玫瑰，何时会闻风起舞

相约冷峻的夜，我的思潮

被黑暗的夜紧紧锁住。悠长的记忆

是沉没的船。躲在远方

心中泛起的歌谣，在故乡门前老榆树的枝丫上

发出无奈的呻吟。我坐在枝丫上

孤独，是对爱唯一的表达

闭上眼睛，满脑子都是你的影子

我颤抖的心啊，不知你能否收留

要是能够收留，我迷乱的柔情

定会相约你的妖艳，醉卧你缠绵的山峦

4

与你的相逢，注定是一个不会有结局的故事

与你的相逢，注定是一场不会有结局的梦境

尽管是徒劳无益，尽管是空手而归的折腾

可你每一次穿越峰巅的微笑，却总是搅得人心乱

难道你是舞者，难道我是风影

长眠的夜，将湿淋淋的梦捡起

湿淋淋的梦，点缀的是长夜的甜蜜

5

寂寥的夜，你不要漫无目标地奔跑

沉默的烈焰里，有我的陪伴

你不要流泪，更不要悲伤

一团炙热的火焰已经从天而降，早已穿透了你的窗格

与阻隔的岁月相拥。欢愉过后

我的影子，复又沉寂于滴血的江湖

恶魔在风中号叫，你却在彩虹间穿行

留给我的，只是游动的孤影

煎熬里，爱的火焰不会熄灭

前世今生的牵挂，注定不会是永远的沉沦

手牵最美的伤痛，坐拥云端

欲碎的风景，注定不会太久

相思里，收拢仰望你的目光

守望，是最好的表达方式

躲在屋子听雨

雨淅淅沥沥下个不停。硕大的雨珠，犹如一串串音符，唤起游子连绵不绝的乡愁。

雨时而急促，时而稀疏。望着庭院那一丛丛花草绽放的花蕾，一对对私语的燕雀，心怎能不被雨雾朦胧的曼妙吸引。

奔跑在初春的雨中，思绪随意挥洒的意象，能穿越岁月的长廊，却无法躲开生命缠绕的绿藤。闯进春的怀抱，春天漫舞的点点飞红，都是诗意般的空灵。

雨点掉在地上，激起一圈又一圈涟漪，连绵不绝。听着雨滴美妙的语言，好想写下一首诗，遥寄想念。一袭风影，不经意打断心的呢喃。恋也随风穿过窗台，掉落在雨中，化作萧萧无眠。

举起酒樽，望着窗外的雨，泪已浸透柔情的心思。在雨中行走，如潮的渴望，犹如一曲凄美的歌，一串无言的痛，连绵延伸到古老的街口，宁静而致远，美丽而狂放。

背着寂寞的行囊，寻觅故乡的背影。如烟如梦地眺望，不知故乡的颜容是否还美丽依旧，不知故乡的圣土是否还在遭受无知者蹂躏。

总想哭，却哭不出声来。难道是心碎了？既然心碎了，那就不哭，就把泪藏在心底。只要不放弃前行的勇气，疲惫的旅途就不会停止。故乡啊，不知你何时才能兑现接纳游子的诺言。苦苦等待，却总是杳无音讯。

如注的雨，淹不住故乡对我的诱惑。

如注的雨，淹不住我对故乡的祈祷。

站在雨中，任由冰冷的雨吹打疲惫的身心。雨水遮住了眼睛，锁住了视线，却不能将滚烫的心冷却。梦中翻腾不止的总是对故乡的欲望，浇灌身心的总是故乡悠长的碾磨声。

望着流淌的雨水，心在颤抖，在燃烧。每一次颤抖，注定都是如痴如醉的欢歌。每一次燃烧，注定都是饱含激情的温存。透过岁月的轮回，故乡啊，你能否伴我一起远行？

低吟思念故乡的歌，信天游悲情的腔调，如同刺穿雨雾的剑，让雨夜的浪漫深藏了曾经的苦难。是啊，初春的雨，打湿的不是大地的风物，不是我的衣衫，打湿的是游子对故乡忘情的倾诉。

闭上双眼，慢慢将窗合拢，虔诚地守望故乡。是幸福，是遗憾，还是怅恨？迷茫里，好想把春天留住。记忆的扉页，留下的总是遗憾。

低吟

痛苦地把柴门紧闭，门缝间透过的一缕阳光，无声地打开封闭的心门。向往的天籁之音，顷刻盘旋凄冷的屋子。

岁月还是那个岁月，日子还是那个日子。打开锁孔，披星戴月的奔波里，西坠的残阳，一晃隐落霞光点缀的大山。思绪，依旧呆呆挺立云端。

捧起一把把伤痕，凋谢心海的花蕊，肯定会被固有的虔诚装着带走。不管是路途漆黑，还是布满沼泽，义无反顾向前都是我必然的选择。

烈风吹过的地方，长不出草，更长不出希望的种子。拿一把利剑刺穿胸膛，被血迹染红的一方净土，倒是在呻吟中冒出丝丝暖意。

黑白难辨的天空，狼藉一片。流水的欢笑，都是疯长的甜蜜。你不必东躲西藏，任何的赌咒，都无法撼动生死相约的记忆。

满屋子放飞的思想，怅恨连同伤痛，只不过是享受快乐前的一种煎熬。伸出手，就会触摸到快乐。

透过门缝，总想表白内心的欲望，跳跃的思潮却总静不下来。倔强的心门不用解锁，那是躲躲闪闪的忸怩。

捡起洒落满地的伤愁，那打着滚儿缠绕心头的幸福，定会让遗憾泛出清香。

穿越迷茫

在黑暗的屋子发呆，独自忍受感官的失灵。眼前飘逝的时隐时现的物象，如同无耻的幽灵，冰冷而恐怖。

夜漆黑吗？那倒不是。与漆黑相约的是霓虹灯下舞女风骚的魅影。

总想静下心。迷茫的思绪总是无法平静。穿越黑暗思考，定格的为何总是残缺不全的爱恨情仇。

手握一柄生锈的剑，擦亮剑锋，然后义无反顾地进行一番厮杀。又迷茫地将心存的感怀，一丝不挂地展现在阴暗的角落。一动不动。

以冷漠面对微笑，冷漠似罂粟花般张扬，花蕊里显现的都是害人的毒素。被它缠着，注定就是死亡。远离它，注定不会让记忆疲惫沉默。

以微笑面对冷漠，微笑似腊梅花般刚烈，满身洋溢的都是永不服输的倔强。与它相拥，所有的奢望，都会化成一串串露珠，滋润你不可触摸的海。

巨大的天幕是我的衣衫。迷茫里种下一粒相思的种子，望穿秋水的等待，为何总是不见伊人来。

睡吧！梦注定有开始，也会有结局。

悬空村遐想

高山、流水、悬崖、峭壁，是一种凌空的意境。乍一看，还以为是一幅大师泼洒的艺术珍品。

你悬于万丈峭壁，太阳、月影、星辰点缀的清辉，不经意间，被守护门庭猎犬的叫声惊醒。悄悄走近你，我不敢发出丝毫呓语，唯恐鲁莽的语言，惊醒你的安眠。

怀着虔诚，踩着石阶，穿越古老的门洞，走进你的胸膛。注视你数百年依然不变的华丽衣衫，我突然觉得，岁月掠过的不是你的沧桑，而是你的欢愉。

脚下是悬空的桥，桥下是万丈的渊。每走一步，都令人胆战心惊。惶恐里，我呆坐桥上，心海掠过的是明末清初的厮杀，掠过的是峭壁之上崇祯皇帝四皇子后裔的泪，掠过的是苍劲的山所包容的情。

群峰叠嶂，流水潺潺；天高云淡，飞鸟嘶鸣。村口彩旗猎猎，铃声飞扬。那条若隐若现的石阶，不知是曲径通幽的路，还是承载记忆的弦。

不知如何收拢放飞的思绪。亲近你，我觉得任何赞叹都是画蛇添足。因为你镶刻峭壁之上的根根木桩，承载的是数百年不变的承诺，是被数百年信念浇筑的刚烈。从不言败，从不放弃。四皇子站在高山之巅，默默注视着一切，心里肯定有着定数。

所谓的宝藏，真的有吗？应该是真的。要是假的，四皇子的后裔就不会数百年坚守。在管涔山里探寻，冰封的溶洞，凌空的栈道，悬空的灵棺，穿越时空的庙宇，就是最好的佐证。

胆怯地抱着栈道上的钢索，我呼吸急促，脚步凝滞，唯恐不经意间，一脚踩空，掉入万丈深渊，被急促的河水冲走。此刻，我的感官并没有失灵。眼前呈现的是四皇子执剑长啸，勇士们奋勇搏杀蹚出的血路，定格的是岁月的传奇，播撒的是历史的种子。

注视着双峰相拥、松涛掩映的村落，我似乎明白了四皇子退守深山、隐居山林的意境。他要么是隐居山林，寻求新的勃发；要么是隐居山林，寻求生命的达观。

是谁把生命的根扎在大山，让凌空的意念盘旋？是谁把大写的图画镶刻大山，让凌空的村落成为千古之谜？山巅上那直插云霄的庙宇，似乎为人们解开了一切谜团。

山谷幽兰，浮云曼舞。悬空的村庄，早已不是满面的稚嫩。将放飞的思绪收拢，盘旋山口鸟儿的欢歌，述说的不是沧桑，而是追求自由的铿锵。隔岸赏景，或许更有意境。

文字愤慨，热血激荡。历史的尘埃早已封存，留在古道的不是城府，更不是世故。被海浪捶打的季节，无声无息地在波涛汹涌的旋涡里绽放出新的花蕾。一切是何等从容自信、豁达自然。

毛乌素沙漠

也许是性情的缘故，姹紫嫣红的春季我并不喜欢。我最喜欢的是那一望无际、处处呈现生命倔强之光的毛乌素沙漠。尽管它比不上江南水乡烟雨朦胧般多情，但它点缀荒漠的每一处绿意，却足以让人感受到生命的另一种震撼。

怀着虔诚的心，我义无反顾背起行囊，朝着毛乌素沙漠腹地进发，倾心寻找属于心灵栖息的圣地。因为我实在不忍心让灵魂无休止地漂泊，无休止地经受磨难。

荒漠里到处没有人烟，可并不寂寥。因为一排排倔强挺立的胡杨，一株株迎风摇曳的沙棘，一条条奔流不息的河流，似乎都是主宰生命的围墙，主宰生命的血脉。亲近它，跋涉的人们注定不会孤单。

荒漠的性格是倔强的，倔强里带着刚烈。挣脱世俗的镣铐，用一双脚板穿越千山万水，亲近那点点的嫩绿，那盈盈的碧水，倔强的性格如同不倒的胡杨，不死的红柳，即便是被人戕害，用斧钺割去了头颅，来年也会长出新的枝丫，新的思想。

荒漠的性格是温顺的，温顺里带着坚韧。柔风从脸颊轻轻滑过，手捧一把金灿灿的沙粒，那温情的气息，给人是一种最纯情的陶醉。柔情里，我在默默祈祷，祈祷上苍眷顾生命，让盛开的花不再凋谢，焕发新的盎然。

手掬一捧红柳河的水，泪也不由自主地往下掉。滚烫的泪与红柳河的水紧紧相融，心底涌动的是最感人肺腑的纯情。此刻，我突然觉得滚滚的红尘间，人们的灵魂其实并不孤单，孤单的本质是思想连同精神的贫瘠。

行走在荒漠，我突然感到失忆了。渴了，我会小酌一杯奶酒，恣意地放飞心情；累了，我会手捧一本经卷，虔诚地在佛海里畅游。

　　与荒漠对话。我在暗自思索，浩瀚的毛乌素沙漠到底蕴含了何等秘密，总能让近似枯萎的生命生生不息？

当我老了

流失的芳华，将岁月的沧桑，隐藏在疯长的思绪里。对着镜子，眉宇间的道道沟壑，将以往的刚烈点缀成疲倦的愁容。此刻，脊梁却依然笔直。

手捧天上的云彩，洒落云端的泪花，不知是欢乐，还是与青春的私语。回眸每一个瞬间，舍生取义的馈赠，沉甸甸的思想，绝不是随风漫舞的尘埃。

望着窗外恣意卖弄身姿的雪花，满身疲惫顷刻化作无形。心底荡漾的激情，怎能不把缠绵的感怀揽入怀中？该如何向逝去的青春问好？缄默里，我阅读的是岁月的沧桑，感悟的是生命的絮语。

不知名的鸟儿在窗前窃窃私语。私语，既熟悉又陌生。总想仔细聆听，鸟儿却在不经意间飞向远方，留下撒落满院的密码，让人无法解读。深陷其中，我难以自拔。难道是我老了？

狼犬嘶鸣，寒风侵体。急速地在空旷的原野穿行，旅途到了深陷囚牢般的境地，构成一幅悲壮的画卷。生与死的抉择，都是无法拒绝的悲怆。当我老了，梦想依旧。

拄着拐杖，踟蹰徘徊。每一寸丈量过的土地，讲述的都是被时光掩盖的秘密。不敢止步不前，唯恐我老了，埋藏心底的爱情种子不会发芽。与挺拔的胡杨相拥，现实的或不现实的杂念，统统被抛向荒漠深处。心中的明灯，是爱的暖意，是岁月的馈赠。

不想与陌生人交流，更不想与世俗的异类勾肩搭背，与智者的交流，那是相见恨晚的快感。铺开信笺，拿起笔墨，快速地将转瞬即逝的思想火花记下，这难道是纯真？

疾风暴雨里，我在默默地捡拾，捡拾被践踏了的智者深邃思想绽放的光芒。疾风暴雨里，我在追随真理，享受说谎者声嘶力竭咆哮的快感。何为真理，何为谬论，其实都不必过多地去想。水至清则无鱼。就是这个道理。

你不必频频举杯，真诚与世俗，无外乎就是隔了一层纸的距离。你要是无法主宰自己，就让你的思想尽情地放飞。那并不可怕。可怕的是你被疯长的野草缠身。

不要恣意喧哗，不要谈论伟大。当我老了，我会微笑着坐看风起云涌，用坦诚在光明与黑暗、生死与离别之间，倾听天地间的寂寥，连同欢乐。

岁月如歌

亲近烽火台

你矗立苍茫的山脊，每一处印迹，尽管经历了千百年暴风雨的洗礼，却依然威风凛凛，巍然屹立。

默默地亲近你，满腔倾注的情愫掩盖不住疯长的记忆。注视那残缺的墙，我似乎还能感受到漫卷山峰的硝烟，弥漫在大地间的悲情。

凝视你的目光，触摸你的脊梁，守望你的威严，无声的世界里依然有你永不屈服的呐喊在荒野回荡。

仔细品味，悲情与你无关。错就错在那位昏庸的主子，为博美人一笑，让一把无情的火，戏亡大美河山。

从一座山开始到另一座山又是起点，总是没有尽头。总是不能把你连接到一起，山谷间连绵不绝的啸音，是你的呼吸。

仰望你的沧桑，漫舞的硝烟，斑驳的躯体，那不是世人的嘲讽，而是亘古的铿锵。不管你身躯有多么的长，也不能证明你的伟大。要是伟大，就不会任人宰割，就不会屡遭铁骑蹂躏。

躺在你的怀里，随意捡起一片落叶、一块瓦砾，感受到的都是悲壮。不想让眼泪轻易滑落，不争气的眼睛早已挂满一串串滚烫的泪，滋润苍茫的原野。

古老的烽火台啊，我的心在暗自为你哭泣。

春的脚步

冰冷的冬，在春的碾压下，渐渐失去侵蚀大地的余威。尽管天气依然有些冷，却能让人接受。最直接的变化就是窗格上的冰凌花看不见了。

春天来了。即便是陕北最冷的毛乌素沙漠腹地，那一棵棵胡杨树干裂的枝干上也孕育出了点点的绿。尽管星星点点，但毕竟遮掩不住春的气息。

一座座矗立在荒漠上的城镇，那一排排装点城市的垂柳，似乎也不甘寂寞，低垂的枝干上，也都挂满了一串串含苞欲放的绿胎。那一串串欲放的绿胎，是春的脚步，春的宣言。

行走在这个萌动的季节，倾心观察每一处细微变化的精致，心中的情愫与春的萌动紧紧相融，最坚定的就是"寒冬终将过去，春天一定会来"的信念。宁静里，将这个信念内化于心，情感随着春的脚步在蔓延、在收敛、在奔腾……

春雨沥沥拉拉地下，一群孩子在雨中嬉闹着、欢叫着，享受着最美的时光。让人看得着迷，思绪也在不停地翻腾。仔细瞧着道路两旁微风里曼舞的细柳的腰肢，眼前呈现的是一幅精美的画。是啊，春的脚步将隆冬一切的不快收拢，她显示的力量，不是刚烈，而是曼妙，是最最令人倾慕的柔情。天上是淡淡的云彩，眼前是一点点绿色，脚下是一缕缕潺潺的流水，这个美，这个柔，即便是寒意再嚣张，也不会无情肆虐这如画的静美。

春的律动是大地最宏大的乐章。如果不信，那你就置身春的季节，去倾听、去搜寻、去感悟。车站的候车室，是熙熙攘攘涌向四面八方的人群，他们是带着新年的念想，妻儿的期盼走出去的。离别时，那一幕幕难舍难分的依恋，是春的灵魂。喧嚣的建设工地，那轰鸣的机器声，那如织穿梭的人流，那挥汗如雨的手臂，是春的歌谣。

栖身春的季节，人们心存的不是惆怅，而是满腔的律动，不是黯然的伤神，而是恣意的迸发。伸出一双手，张开如柱的臂膀，我在激情地拥抱春色。那雨水浇灌的含苞欲放的花蕾，那柔风轻抚的绿，都是心境纯粹的灵光。人活在世上，如果不能放下不如意、不称心、不快乐，那么痛苦的事情就会太多太多。其实，内定于心的信念，就是我们在任何时候，只要始终保持一份宁静，一份念想，那就足够了。

闭上眼睛，我突然间感到我们并不孤单。所谓的孤单，其实就是我们与人群、与大自然割裂的悲情。如果每个人都能心存温暖，心存感恩，那穿越千山万水的惆怅，就会悄然离开。月光在轻抚我的身心，充满禅意的环境里，理想的梦在冉冉升腾，瞬间飘满屋子的整个角落。没有羞涩，没有紧张，更多的是一种内心的淡定。

春的季节，好想写一首诗，歌颂春沉淀的韧性，不绝的气场，收敛锋芒的力量。可我却始终不敢动笔，唯恐不能用最准确的语言将这一切描述。

站在阳台上，深吸着湿润的空气，那拂面的情意，将封闭已久的心门打开。仓促中，我惊慌不已。静下心，将自己的心与春的律动慢慢融合，心中涌动的是连绵不绝的爱，连绵不绝的情。那划过心底最亮的星星，就是大浪淘沙后剩下的耀眼珍珠。

春的季节，万事万物都在苏醒，谁不渴望有爱？苦苦寻觅，灵魂的知己在哪里，就在柔情的自然里，就在你我有苦却无处可以诉的心田里。

只要春天不死，爱就会永存。

沉默是金

静静地坐着，尽情享受荒原烈风侵袭。烈风里，我只想选择沉默。在沉默里感悟生命的博大，品味死亡前的混沌。

纷乱的记忆里，脸上的笑容，心存的灿烂是甜甜的。换一种方式思考，世俗所纠缠的痛，如同轻轻划过黑暗的帆，点缀心灵的空虚。

在星空下，孤独地守望。宁静里，我是多么渴望曾经的痛，不再是无休止的伤怀。划过指尖的思绪，如同一缕清风轻轻缠绕我的心河。

喧嚣里，选择沉默，那是一种无畏的自信，一种沉淀的冷静。与大地的律动对话，我的心，恣意跳动。忍受着痛，将所有行囊抛向深谷，缄默却是意味悠长的绚丽。

煎熬里，对于别人的嘲讽，我并不在意。只要人们都有足够的涵养、崇高的境界，那些恶意的流言将会变成美丽的焰火，点亮你我心中的明灯。

宁静以致远。不能承载的生命之重，都在无休止地重复着。重，是美丽；轻，并不是快乐。到底该选择重，还是选择轻？

生命的每一个驿站，越贴近大地，活得就越真实。别老让沉重的心思压迫你我的神经，因为我们都是疲惫的旅人。每每选择沉默，其实都是内心豁达的宽容，收获的宁静。未经风雨，所谓的酸甜苦辣，都不是生命本质的颤音。

宁静是美，沉默是金。静静地阅读自己喜欢的每一本书，在书里寻找先哲的足音，我心静如水。合上书，先哲们的思想感染我的灵魂。拿起笔，记录下生命里感悟到的每一次律动的火花，生命的影像如同旋转的陀螺，抖落一地尘埃。

沉默里，倾心凝视花落花开。每一个精彩的瞬间，犹如千古绝唱。

鸟语花香，记载的是千秋功过。血雨腥风，碾磨的是恩怨情仇。

沉默里，柔情地相拥万家灯火，每一处飘逸的感怀，久久离不开滚烫的胸膛。面对惆怅，我愿选择沉默。宁静里，我执着守望唯有故乡才拥有的那份静美。

相拥高原的冷峻。高原干裂的山峦，那是寒意不曾凝固的暖流。生命，或轻或重。一切卑鄙，必将在岁月的碾压下死亡。唯有崇高的灵魂永存。

触摸心海（外一章）

　　温情的夜，以仰望者的姿态，触摸被繁星点缀的天际，翻腾的心海，牵挂的是悠长的相思。

　　展开激情的翅膀，让狂烈的思潮在安澜里守望虔诚，黑暗弥漫的长廊，却总是无法穿越。仔细聆听刺穿胸腔的幽咽，异动的星辰，早已跟随放飞的梦，无意间滑落天地一隅。

　　注视朦胧的、抽象的、裂变的夜，暗自思索，固有的温情、虔诚，连同炽热，是否还能固守昔日的温馨。因为，曾经的暗伤与羞辱、卑微与愚钝，种下的都是被卑鄙者流言暗伤的毒瘤。

　　河的对岸，是莺歌燕舞的狂欢。夜莺飞翔的姿态，划破或是快乐或是幽咽的恋，那是刺穿血脉的冷峻，那是穿透世俗的灵光。无须惧怕命运的背叛，我将幸福地头枕着纯情入眠。

　　相牵温情，将一粒粒坚硬的种子撒向奔腾的河流，河流无语。跟随浪涛漂泊的影子，每个人都渴望收获果实。

　　从不惧怕寒冷。遥远故乡暗香浮动的柔水，那是岁月缠绕的呼吸，那是沁人心脾的歌谣。腼腆里，我在仔细品味蕴含其中的禅意。

　　数着花开花落，闪电般的决断，那是信仰的旗帜。回眸每一次被冰霜笼罩的背影，穿越过的驿站，留驻的都是春晖。

　　沉默里，我听懂了雨的声音。

致命诱惑

　　难道是我走错了路？应该不会。月光曼妙的石径上，留下的是一壶烈酒斟满的情，一壶老酒斟满的梦。

　　佳期如梦。艰难地跋涉里，借着酒力，能与谁抚琴独奏？是唐诗，还是宋词？那都不是。唐诗里是千年一叹的轻愁，宋词里是穿越千年的歌喉。

手执金樽，独自与明月对饮。月，如船，亦如钩。弥漫天际的温馨，是相隔万里的聚合，是泛满心头的春晖。假如你不解风情，就不要轻解罗裳，与相思共浴。

与孤傲的山峰比拼，不停地攀登。由远及近的峰峦，尽管近在咫尺，却总是无法触及。抬头望天，聆听的是你感动心海不变的叮咛，缠绵不绝的心语。

忘情倾听荡气回肠的《命运交响曲》，将一切虚假的伪装撕掉，任由思绪蔓延，留下的是久违的宁静。缓缓行走，把嘈杂繁忙留在身后。身后，是令人意气风发的风景。

渴望拾起久违的宁静。守望天，守望地，岁月扯不平的是额头的皱褶，关不住的是无常的世事。

新的季节，渴望与山水相融，含羞的恋，却总是无法在阳光下绽放。

梦境里，妩媚的色彩，终究长不出可以触及的丰盈。

漂泊的意境

　　熙熙攘攘的人群，汇聚着林林总总的故事。一不小心，纯洁的眼睛就会被世俗的流言灼伤。

　　拿起湿淋淋的手帕，擦把挂满眼眸的泪，无法将倔强收拢。眼前一道道绿，是数不清的路，是说不尽的沧桑。即便站直了腰，也无法跨越新的高度。

　　踩着雨露，悄然在丰盈秀美的原野行走，地上却没有路，唯有鸟儿在天空自由地欢歌。

　　眯着眼睛，把纷飞的思绪投进流淌的溪水，山涧回荡的低吟，如同鸟儿缠绵的絮语。露珠打湿了衣衫，雨水也相伴而至。

　　触摸一处处被冷兵器时代曾经戕害过的土地，战马厮杀的味道依旧。复苏的大地，却听不到青铜器时代的回音。

　　天空飞舞的是什么？有人说是叶片，有人说是羽毛。到底是什么？随手捡起一片，总是淡淡的忧伤。

　　爱的蜜意，何时才能不再隐藏于心。晨曦刺穿密林缝隙的每一缕阳光，其实都是挂在唇角的恋。即便带血的匕首刺进胸膛，我都会义无反顾追赶你的影子。

　　流浪之旅，在时间缠绕的河流，我苦苦等待着。等待，有一双温暖的手牵着我一道回家。

　　记忆的伤痕，犹如旋转的齿轮，每转动一圈，挤出的都是血。即便如此，我也不能拂袖而去。毕竟灵魂的一隅，因为有你的存在，我只能选择在悲情中行走。

　　站在梦想的天空，不想让青春苍白。远方，那点点的绿是律动的文字。天空，那朵朵的云是美妙的意境。

望着疾飞穿越暴风雨的不知名的鸟儿，无论是怀旧还是向往，割裂不开的都是对岁月的牵挂。将灼伤的目光收拢，跃上心头的依然是地平线升起的那轮太阳。

天空，让飘飞的云彩不再流浪。

钟声，让记忆的苍茫不再凝滞。

这就是漂泊最美的意境。

心海逐梦

1

漫天狂舞的飞沙，屏蔽了春的律动。

好想举起双臂，阻挡肆虐大地的妖魔，眼底溢出的情愫，却变成一串串满载残香的泪。

好想拿起巨笔，阻挡扑面而来的苍茫，写满信笺的字符，却变成一条条划向远方的船。

春的季节，本不应有泪。为何眼前的景致，总是驶不进温情的海？

月光、孤影，阻挡不了更纯更美的律动。

快乐、忧伤，撕扯不碎月华之下的帆影。

何时才能重逢。相拥苦苦的思念，痛饮一杯鸩毒般的酒，说一声，跟往事道别。

被风扯碎的记忆，总是无法定格，那漫舞云天的幻想，注定不会是逆转的天意。

2

人言可畏。站在楼顶，倾听不到律动大地的颤音。

世事如烟。掀开岁月，难以辨别刀客满脸的悲怆。

不敢捡起遗落一地的玫瑰，总感觉那风情万种的柔情蜜意，如同被黑夜撕碎的围裙。

不敢追逐穿越云端的大雁，总感觉那义薄云天的铿锵风骨，如同被野兽戕害的圣灵。

是放下，还是舍弃。慰藉心田的相思，不知是你的不离不弃，还是

岁月如歌

我的风情缠绵。

3

不离不弃。渴望与你蜗居故乡最美的一隅，屋檐下燕雀快乐的欢叫，就是最美的意境。

天荒地老。渴望与你走进春天最美的田野，田园里果树飘香的花蕾，就是情感的纽带。

寻觅引以为荣的印记，被枯叶掩盖的硕果，注定是隆冬的最爱。

煎熬里，别担心，我会选择坚强。你不要哭，一定要选择欢笑面对生活。

4

不是我不想你，捕捉你最美的影子，地上溅起的水花，就是我的呢喃。

不要介意，这并不是我对你的不敬。深一脚浅一脚的足印，都是感情的信息。

深陷情感的旋涡，你别愧疚。错就错在那个本该绽放的季节，你杳无音信。

是因为浮华，欺骗了你欲望的眼睛。

春之散章

1

刺骨的冬，虽然令人不堪回首。

那一幕一幕揪心的事，早已被寒风凝结成疤痕，封存冰冷的季节，并未留下隐忍的痛。

踏入春的季节，置身艳丽的花海，甜蜜的风景里，我选择沉默寡言。因为，每一丛绿色，每一朵鲜花，每一条河流，每一座大山的景致，根本不需要用华丽的辞藻赞美。

站在原野，每一处大地的疼痛，都是美丽，都是永恒。默默祈祷，通往大山深处的幽径，拯救的是四面八方的灵魂。默默地注视，能控制住的是情感，抑制不住的却是飞扬的泪花。

不知心痛的感觉是何种滋味。唯有灵魂的祈祷，在如血的残阳下未曾低下高昂的头。

2

清明，是令人伤心欲绝的日子，又不经意间如约而至。

每一年的这个日子，我都会久久地与父亲待在一起，向父亲倾诉，与父亲对话。

从清晨的第一缕阳光升起，到夕阳的最后一抹余晖滑落，虽然许多事再也回不到从前，我苦苦的心啊，父亲您一定能够读懂。

调整呼吸，再一次深情地叩拜父亲，掉落地上的泪珠，是苦涩，是幸福，亦是对父亲最深切的思念。父亲啊，离开您，我真不忍再与您回眸相望，唯恐装不下的心情，袭扰了您的安宁。

把所有的心思，连同牵挂，一并装进信笺，让一缕清风带走。"人生可以选择和回避的东西究竟有哪些？"是我的不解。沉思中，我默默地询问父亲。

烈风依旧，痛感犹存。在父亲的注视下，我刚烈地抬起头，挺起笔直的脊梁，义无反顾赶往春的季节。

3

肆虐的风暴还未停歇。但日子不一定就是狼藉一片。

面对残破的风景，就是打上几处补丁，我的心海闪烁的都是光亮。

不要老提忧伤，不要老是说"老死不相往来"。站在城墙的拐角，那一道道深沉的皱纹，沉淀的都是岁月的华章，而不是清瘦的梦。

抚摸夜幕下的炊烟，梦里，我咀嚼的是秀色可餐的温馨，丈量的是思念故乡的长度。斟上一杯无与伦比的酒，然后把一切苦涩饮尽。乡愁，是沥沥不停地下着的雨。

推开虚掩的门，侧卧失眠的灯下，乡愁，注定不会是被年轮咬出的伤痕。因为，我是一粒坚硬的种子。

无论飘向何处，落脚的每一个地方，除了断裂、呻吟、呐喊，就是满园的春。

4

把最晴朗的记忆，放在抽屉。让她生根发芽

日记的扉页，不是伤怀，不是幽咽，而是爱的温存

灯火阑珊处，风月无边。我似乎忘了今夕是何年

回望里，你满眼的泪，要是不流进我的心里

匆匆的过客，都不会答应

后记

　　因为爱，所以爱。艰难的跋涉中，我始终以人为镜、以史为鉴，默默坚守孤寂，坚守清贫，坚守对文学的信仰。

　　这部文集《岁月如歌》，是继《律动的心弦》之后，又一部零碎的作品。说实在的，能在工作之余不务正业写下这些东西，我无时无刻不在忍受超乎常人的精神煎熬，超乎常人的精神分裂。我想，既然能坚持，亦是一种优雅、一种神圣。

　　在美丽的四季行走，我热爱文学。因为在我的生活里，文学早已成为融入身心的一部分。或许在一些人眼里，我的诗作是一种异类的东西，读不懂甚至有些涩。但在我看来，也许这正是文学的魅力。有人说，文章就是要让大家读懂，别人读不懂，那算什么东西。这点我并不认同。因为文学，其所特具的思想性、感召力，蕴含在文章的每一个字符里。如果过于直白，就失去了文学固有的张力。不管别人怎么认为，在文学这座散发着清香、浪漫、坚韧的神圣殿堂，我始终默默地、孤独地行走着，绝不后悔。

　　岁月催人老，可我的诗心不老。假如没有生活，没有对生活的感悟，我也不会写出这些所谓狗屁不通的东西，这亦是一种朴素的情怀。当一篇篇作品在煎熬与撕裂的情感中流淌出来，说真的，到底写了些什么，我都不愿再看一眼。因为我怕抑制不住眼泪，造成精神的错位甚至失常。假如不去再看，我享受的则是另一种欢愉。

　　知人者智，自知者明。回望走过的路，在超脱物质与喧嚣里，我始终坚信，有思想，就会飞翔，有良师，就能够成功。行走在文学的道路上，我有幸遇到杨智华、梅方义、王成祥、冯晓、陈增贤等优秀的诗人、评论家和作家，同时，也是他们给了我无限的支持和关爱。可以说，我是幸运的，谨此，我要一一致谢。

全书收录的作品，是我近年来随手偶得的一些作品，由于个人能力和水平局限，有的作品还略显粗糙，在今后的跋涉中，我会更加努力，力争写出更多倾心之作。

我热爱文学，就让我嫁给文学吧！

张光荣

2021 年 3 月 20 日